本卷诗歌有声版请搜微信公众号“旷馥斋”之“兄妹诗——名家诵读”

我带着辽阔的悲喜

林馥娜　著

黄河出版传媒集团
阳光出版社

图书在版编目（CIP）数据

我带着辽阔的悲喜 / 林馥娜著. -- 银川 : 阳光出版社, 2016.12
ISBN 978-7-5525-3339-2

Ⅰ. ①我… Ⅱ. ①林… Ⅲ. ①诗集－中国－当代
Ⅳ. ①I227

中国版本图书馆CIP数据核字（2016）第315841号

我带着辽阔的悲喜 **林馥娜 著**

责任编辑 谢 瑞
封面设计 礼孩书衣坊
责任印制 岳建宁

黄河出版传媒集团
阳光出版社 出版发行

出 版 人 王杨宝
地 址 宁夏银川市北京东路139号出版大厦（750001）
网 址 http：//www.yrpubm.com
网上书店 http：//www.hh-book.com
电子信箱 yangguang@yrpubm.com
邮购电话 0951-5045842
经 销 全国新华书店
印刷装订 广州星河印刷有限公司
印刷委托书号 （宁）0004077

开 本 889mm×1194mm 1/ 32
印 张 8.25
字 数 120千字
版 次 2016年12月第1版
印 次 2016年12月第1次印刷
书 号 ISBN 978-7-5525-3339-2
定 价 30.00元

目录

第一辑：我带着辽阔的悲喜

第二辑：拼起人类的颜值

第三辑：如果我能、恰如你爱

04 _

第四辑：在匍匐与扬鞭中

第五辑：事实与虚构

第六辑：访谈

第一辑

我带着辽阔的悲喜

莲花初见

开合天真态，卷舒弗定裁；
入尘风骨立，出世即如来。

摄影师—模特

横陈之体
耸起令人为之起伏的山丘
白的山水黑的幽径
敞开暗室与天地合其德
紧闭的唇丰厚
阴影与光线渗出话语
手指从缝隙中生长，撩开经验的丛林
白从黑中凸点。谁伸出了手
黑发的波浪颤动
在镜像中爱自己并不简单
远离命运的清洗，月亮的杯葛
她有琴弦紧绷、舒卷裕如的裸体
与不动用的性

自我—他者

我把所有人当成另一个我。所有的我
行走着迥异的人生与相同的世道

有一个我遭遇暴雨
就有一个我邂逅晴天

这庞大又纯粹的我，宛若一首诗
快乐是一个词，悲伤也是一个词

每天，我用我的矛试验我的盾
以精神的远游行刺麻木的肉身

我带着辽阔的悲喜和一无所碍的心灵
带着无处不在的束缚与自由

在一隅之地闻惊雷

于万顷纷乱入清幽

而我，只是万物中最卑微的一员
不过是荼蘼的一缕经络，大千世界的一粒幼沙

洛丽塔—萝莉

午后，清茶暂歇
一卷天香绢
透着微白的淡黄

仿佛缅栀子
　旋
　　转
　　　着，盛开带舞步的花

笔走龙蛇的纳博科夫
将突如其来的灵感
宛如大写意，泼墨于绢素

被涂抹的处子
是在一生里用橡皮擦了又擦
还是从尘埃里
开出一树可敌苦夏的繁花

娜拉—穿越剧

此刻，你于剧中
而不在几米的拐角，迟疑向左或向右

以柳絮的浪漫，穿越的潇洒
预演出走与守旧的命运走向

当所有的合理推演慢慢过片
你是否会发觉，这世界从未改变

街上、房子里，充斥无数的娜拉
只是她们的眼里多了一种末世的迷茫

爱情—传奇

不管时空是否错乱
爱情无时不在越狱
海枯石烂破译时间的乱码
矢志不渝泅渡空间的局域

梁山伯懵懂的抑郁
与朱丽叶生死相随的痴恋
是生在艺术里的残
活在传唱里的缺
而时间的酵母，善于把一切膨化成甘
并献祭于古老的规则

长年噙噤的一声叹息
将静水于死寂中击穿
七夕风云暗渡心的藩篱
激流掀起海的翻腾

盛大的荡漾，犹如眼前触手可及的真切
而熟透的克制，阻止着不可遏止的一抚成空

爱情，是活着的词语
用来诉说地久天长
今夕，就让残与缺突破疆界的屏障
在异次元的邂逅里重圆琴瑟，执手相暖于时空之外

波动—痒

放下手提包
他显然心有不快
言语冲撞
他刚送走了一个女人

两天前，他发现妻子老了
甚至老而无用
而现在，他搂孩子般拥着妻子睡了
沉沉的鼾息如无底的深渊

起舞—舞台

这擦身而过的舞池
犹如茫茫的人世

无双的海报，张贴于街道的拐角
等待一次钟情的凝眸
一场火花四溅的起舞

今夜，我剪去腰上的刺
以疏枝简叶的清雅，姗姗来迟的矜持
舞一曲玫瑰之约

只为花瓣上的清露，寻一颗水晶之心
当空杯盈满，你必须知道
我柔情的暗香里，萌生着小小的刺

怀念—相对

有些怀念，始于相对的一刻
此时的私语，暗结的沉香

“你一切都要好，知道吗”
一句话，已然揪心

你将离去，离开你的热烈与纠结
放下也许是内心安然的开始

往后的日子，将如何
一回首、二回首、再回首

此去渺渺，渴望已久的流浪
仿佛诱导着你，用行走去检验一个真理

抛开破败的人世
草木又绿于大地

醉眼—烟云

躲在黑暗的角落
看一场场追逐在时空的夹层上演

半杯玉液，万顷风情
柔腰那堪一挽

最是料峭春难耐
夜深独唱满庭芳

心锁难破，红笺未展
空余惆怅至天晓

媚视烟行，爱恨交缠，红云上靥
那一层的剧情，是你倾情代入的角色

卖血者—血酬

楼群逼退庄稼，欲望向人类进攻
巨大的蜗牛壳，已把背负者压垮

被特权摁住窗口的心灵已丢失方向
资本空具失去羞耻的肉身

龙卷风以两极分化的疾速发飙
席卷了梦想与星光

每个人都应有立足之地
在血汗滴落的祖国，在赤足耕作过的河山

卖血者的吼叫，在苍凉的夜色里
响彻云霄。城市依旧迷醉不醒

惊春—瓦上花

0

追杀的岁月停不下杀手的脚步
鲜活之物终化成酸馊之泔水
轻亵冒犯与绝地还击似乎是一对情侣

我心负创伤，表情冷酷
眼前晃荡着腐败可憎的现实
与空洞无趣的表演

时间的切片布满虫洞
一个个空无的起点与终点
哪些是我们不忍切割又必须切割的

我仗剑前行，可我
抵不住恻隐之眷念，惊春的葳蕤

而骤然驻足、回望

回望鸟儿播种的瓦上花，高擎的火种
回望那梦想构筑完美世界与
曾经痛哭或傻笑的时光

并再次偏信，阳光有它温暖的味道
而非螨虫燃烧的气味。又一次将一切
宝物般收藏

1

事物如秋叶年年凋去
还有多少未经历练的人生

无从揣测。在懵懂初开的日子
女人在生活里赶场
倚在摇摇欲坠的公车上瞌睡

她像祖辈、母辈一样躬身劳作，贴地行走

而女人的翅膀
尴尬地拖在身后，成为拖泥带水的无用之物

密密麻麻的行迹
一行行，深深码在心里

2

她不认识这样的自己
只有劳作，没有理想
踏水而舞、凌波而歌的自由，只是偶尔的梦想

每天，拖着麻木的身体
穿过大半个城市
滚动着世俗的欲望和自强的躁动

每晚，在身边沉沉的鼾声与婴儿香气的拥抱中
安然入睡，就像飘在水床上
忘了骨头的酸痛

梦境里深情的顾盼中
她踏歌起舞，白羽舒张
于无澜的水面，击起涟漪阵阵

3

翱翔的海鸥
像惊蛰的雷电
叫醒沉睡的风声

而红树林仍继续它一贯的沉稳
就像电影里的风景
以背景的静穆，挺立在主角的身后

深扎的根，放飞朝向天空的枝叶
沿着未可预料的前路，一寸寸突进
镜像里的飞翔也是一种飞翔

4

身为女人，因被歌颂为伟大的孕育
与宁折不屈的傲骨，而失去事业

切骨的寒意往往由人的嘴里吐出
失业的主妇，已然成为一条令人生厌的寄生虫

顶着来自高压线阵的阴影与深入泥土的刺痛
女人必须隐忍着，不发出受伤的尖叫

一些女人，用灶台和忍让将一生消磨
蒙昧地演绎古老的悲欢

一些女人，饱含着核能无法施展的痛苦
清醒地经受宿命的砺磨

5

吾乡吾土，我们被鸟儿放飞的
灵魂
将于何处落脚

旧草垛边，熟睡的孩子满身泥土
仿佛一堆拱起的麦子
让人忍不住要匍匐掬起

老妇在夕阳下
重建可供反刍的过往
鸡犬相闻与作物拔节的萌动已失去它的乡村

青壮年决闸而出，拥挤、推搡着
跌入时代的旋涡
流水兵在工业线上、在铁打的营盘上疲惫转战

没有寸田的留守
只剩下锈蚀的镰刀和空荡的屋顶
任谷雨的天水，如豆子沙沙溅落、流逝

6

对于偏执者
贫穷令其野蛮，富贵使其狂妄
礼义与他们之间耸立着一场灾难

世界必须接受他们烂醉的癫狂
与毫无来由的发作
仿佛整个人类都是他的债户

而人与人之间的墙无法推倒
一些爱的力量已在长年里耗尽
满眼是累月的沧桑。灵魂的打捞徒增悲伤

在昼夜不息的摧毁中，许多圣贤的身影
慢慢地淡了，淡到远山里去
底线崩坏的末日不可避免地找上门来

7

活在时刻发生煽动的国度
有时为存活、有时为堂皇的爱国
疲于奔命

我们头脑里塞满信息的糨糊
满脸得意地转发貌似正确的微博，仿佛
在传递某个惊天的真理

而我们不得不承认
变出来的炫目戏法，还是原来的道具
与小丑的博笑并无二致

国际观众早已退场
只剩下打砸过的残骸废渣
袒露出暴力仍未消尽的余响与无知

8

一只雏鱼鹰嘴里叼着一条小鱼
它们圆睁的眼，就像彼此的镜像
湿漉漉的清澈
两只紧抓着苇秆的长脚
撑起水里的天空
它们打量着彼此及对面的世界
仿佛僵持着
想不通是要将对方举起还是放下
天上的水涡和水里的云朵也屏住了呼吸

9

比山崖峭壁更跌宕的现世
如何立地成佛
背负各式房子的蜗牛被压垮在高速路上

施暴者、虐婴者露出无耻的厚颜
难以用诠释和理解融通的心肠

缺失了灵魂的哪一缕幽光

人们摩肩接踵
在网络、在景点，在每一个可有可无的场合
同时又亲友四散、内心寂寞

一把意欲拂拭天下的拂尘
淹没于灰霾弥漫的时代
诗行如禅，蜿蜒潜行于近视与远视之间摇摆的中年

10

茶水烹调的日月，活得过于清醒
胸怀辽阔的悲喜
而又跳不出一隅之局域

“皮之不存，毛将焉附”
似乎没有人需要答案
谁能举刃自行解剖

必须使自身成为一片旷野
让尘埃在幽微中下沉

宛若晨开晚凋的太阳花
以一种紫莹如云的丰沛
肆意绽放，安然谢幕

一个人愤怒，一个人归宁
坦怀承受生命的风流云荡

又似一棵棒叶不死鸟，落地生根于高瓴
打望着茫茫的天高地阔

他人的痛苦

今夜的天空没有星星
只有云絮滚滚压来
在黎明到来之前
她突然很想听炮仗的声音
一种淋漓的爆裂

她听到了。她听到
周围有惊叫声、嘈杂的人声、熟悉的气味
他唤她回来，他前所未有的哭

一些黑色的绸带缠住她
一些绿色的枝蔓牵引她
爱丽尔缥缈的精灵之歌在迴响

她循着声音往回望
尽管伸手不见五指，坐起来是多么困难

尽管走一步多么维艰，裙裾磕绊

人们四散而去，包括他
她没有停下来，她一直走回她站立的阳台
脸上有大理石的微笑

另一个女人，目睹了整个过程
她把手挥了挥，神和鬼都不知道
她不拂落尘
她伸手擦去北斗星的七颗眼泪
她脸上带着大理石的微笑，纵身一跳

清明

约好在清明节，我们好好做一场爱
从早上到中午，再从中午到晚上

不给凄风留下一丝缝隙
不给苦雨疏漏半点空间

让做撇开经年的悲怆
让爱堵住疯长的墓草

摒蔽菊花台、白烛泪、英雄魂、故人影
覆盖脚步踩在泥泞上的嗞嗞声

这样的力度够不够，够不够

桌子上的梨

那只梨搁在桌角
桌子是圆的，梨是完整的
他一直不肯开口
正如她一直不愿
把梨切开
嫩黄的果皮
已随着暮霭一遍遍暗了下来

一个舞台上的女人，在幕布后
审视自己沉积而成的梨形身材
曾经的你侬我侬
画外音般的存在
孤独是最真实的内容
隔着一张桌子的距离
他们之间天地玄黄，宇宙洪荒

在黑暗中

洪亮的声音已消失
在黑暗中
没有人看见具体的事物
与独自离开的朋友
只有夜行汽车碾过失修的沙井盖
咔嗒、咔嗒、咔嗒……
仿佛整个世界
是一列驶往天堂的火车

父女

他终于放下了摆在首席的架子
和她说起心事
他们还是那对父女
只是角色略显凌乱
宛如一出三幕剧的两个演员
第一幕，他给她抚慰，扶她走路
领她出门
第二幕，一段长长的沉默
守着不由分说的严肃
第三幕是一轮倒带，她扶着他
给他说宽心话，领他进门
而这中间的一段长长空白
无法省略

民工兄弟

哥哥运淤泥的野鸡车
往返在午夜后的街头
不听话的泥沙一路哗哗地撒
天亮后一定会招来城里人的骂
为了早点干完活
哥哥和弟弟
把一车泥垒得比山还要高

哥哥的车在街灯下
颤颤巍巍往前晃
弟弟仰在泥山上睡着了
松软的泥沙托着他
就像回到了一直想回的老家

倒完最后一车泥
哥哥掉头往回赶

三个钟头后还要去干活
再过九个钟头，还得送弟弟坐火车回家

弟弟？弟弟呢？！
想到刚刚卸掉的泥山
哥哥的身体在发抖
哥哥的世界在塌方

扒开一层层的泥沙
弟弟静静地趴着
就像在母亲怀里做着甜甜的梦

白洋淀

传抄、朗诵、火折子
脸庞熏黑，眼睛闪光
“四点零八分的北京”在水里流传
食指的祖国
那一片红红绿绿的，手的海洋

炕头、柴草、“五月的鲜花”沙哑的假声
水墨深紫，雨云靛蓝
篷船咿咿呀呀忧伤的歌谣
林莽的祖国
那婆娑高耸的芦苇荡

芦苇、秋风、花白头
茫茫云水，月亮错开、拢合
我的祖国啊
我站在船头高声唱：一条大河波浪宽
人们听到的是：恰似一江春水向东流

肥女人

这辽阔硕大的肉体
肥美的国土
以从容得近乎慵懒的表情
厮守阳光白净，稻浪潋滟的山河

历经几多月换星移
青铜的旧时光，木纹的流水
敞开的石头
重新凸显破土而出的奇崛

不以指数衡量的幸福踏歌而来
万物有爱，地母汁液酣满的原始根基
构筑起儿女的沃土，姐妹的摇篮
鸡犬相闻的故乡

阔别已久的简单生活

回归生生不息的自然
女人有仔猪奔腾的快乐
有太阳浑圆的笑靥

与日子拔河，和疾风比速
敦厚的肉身，因激情而飞扬
张扬自我的女人
在率真里永恒，在梦想中起飞

“自在飞花轻似梦”啊
深谙生命的喜悦、自然的广袤者
得自在于天地间

忘了此行的目的

喝酒吧，我没有阻拦
甚至想说你就醉吧
互不理解，据说是离婚的原因
两个人又如何达到真正的理解呢
我不明白。但我必须安慰她

你是一片孤独的叶子，他也是
我们都是世界上唯一的一片
磕磕绊绊挤在同一棵树上
也许是为了能在冬天互相取暖
而夏天太热我们又想飞到秋天
自己的灵魂都掌握不了
难道还想操控别人的内心吗
能付出的我们就付出吧

她说吃多点，美人鱼

我便埋头吃饭
愁也许是酒可以浇熄的
丢下一桌残局，我们分头回家
路上没有行人
有的地方很黑
忽然觉得自己更需要别人的安慰
于是想起漫画家朱德庸的话
“一切都是可笑的”

渔夫

网里一条半人长的鱼瞬间被他抄起
鱼拼命挣扎，几乎失手掉回水中
他一手将它按在船舷的木板上，一手抄起木棍
“扑、扑”两声敲在鱼脑袋上，鱼便乖乖躺到秤盘上
量重估价，开炉放水，鲜甜的肉片在游客的赞叹声中消失
留下的是几张钱票和满身的鱼腥味
他乐呵呵地笑着，不知是因为赞美
还是因为那除去税款和水域租金后所剩无几的报酬

不捕鱼的时候，他蹲在船头哼儋州谣
目光深深地潜入水底，据说这里有某些朝代的宫殿
船儿们都得小心驾驶，以免碰上某一个飞檐或屋角
或者撞破苏轼当年印下的蜃楼光影
当鹰和鹭斜斜地掠过头顶
他的手总会不自觉地抬一抬，也许是驱赶也许是飞翔

偶尔，他会半蹲在床沿看熟睡的渔妇
就像看着水下宫殿的睡美人

经历

她没有停下脚步
一颗心，不能交给春日的躁动

在万物勃发的春天
她以一低头的委婉
再次任凭自己快步而过
仿佛要把爱带给更多的事物

一个秋收后的温顺女人
对着枝头沉沉的木棉花
脸上焕发着圣母的光芒

她要把桃花还给春天
把内心的群兽一只只放遣归山

抚琴的女人

没有人告诉你可以和兀鹰一样展翅
飞翔不是手指，乐曲不是和弦
G调和C调，拉不动后花园一片温润的虫声

抚琴的女人，怎么在一个夜晚
把季节扯得如此苗条
你的影子你的声音你的气息纷纷陷入
巫山背后的云朵

沿袭一曲老调，想着如何咬紧
两个调子分叉的脚步，而两座城池
再也无法回响同一种怜悯的音符

沿袭一道浅水，抚琴的女人
用琴弦锁住年华
低回婉转

未来

我们终于有了鸳鸯之实
而非徒有其名

同用一孔穴，共享一方牌
以如胶似漆的形象接受儿孙的缅怀

再也不顾及游离的灵魂、异处的肉身
冷暖与爱憎，伤害与恩泽

看啊，雨不停地下
芳草掩埋了落红，美德镀金了沧桑

红土地上的乡心

汗水与雨水灌溉的红土地
深蕴着菠萝、甘蔗甜蜜的希望
和带刺的贫瘠
坚守故土的耕者
在种植与收割中呼吸着祖辈的脉息
当丰收与歉收的日子都倘然挑进箩筐
生命的丰饶
从土地的深厚中获得
而在时间的光与影中
游子用反复的往返与定格
抒写生命中的《归去来兮辞》
季节与风物的迢递
得以在传承的链条上显影
捧一抔红土，就是掬起一把红糖
微苦的甜滋养着一颗颗炽热的乡心

清，远（组诗）

0. 万古江天皆一线，三秋人事已几番

再次踏上这片土地
八年的时光，足以把履痕抹杀
那时寻觅的未来事物
今天依旧在途中，只是多了一份淡然

人与事物，有的还在原地，有的已成过往
而我分明听到歌声依然在水面荡漾
恋旧也是一种乡愁，旧游如梦
任恍惚的脚步一再流连

1. 清

近水心阔，虫鸣境静
亲水栈道镶嵌了水的曲裾

夜色里的深秋浑无寒意
怂恿起一群外地人没有目标的漫游

夜钓的渔者
并不理会游者的搭讪

游者也不在意渔者的回应
相安无碍，各耽其乐

中途有易道者赶赴杯盏之欢
或暧昧之约。而我选择留在北江

将饱受堵截与挤压而逼仄的内心敞开于江面
共流水汤汤，灯火闪烁

让心留在江心，水载而为洲
任万物生长，各类得自由

2. 源

紫荆花落满行道
等候凌波的微步，踏空寂而来

于飞霞古洞的微凉里
捕捉时光的流萤

一棵叫人面子的树
在庭前参悟树与人的关联

拾级而上的人间的烟火
供奉起各自的神灵

出世、入世；槛内、槛外
进退之间，静悟妙法莲华

而我甘愿被自然的法则统摄
于尘世与神殿之间，积极地随遇而安

3. 旷

集体寻找故乡的人们
也许是寻觅一种灵魂的隐秘契合

没有一种爱可抵御人世的沧桑
但又只有爱能予人世以温暖

那些猝去的故人，逝于人心的荒凉
他们的冷，我们没能看见

故乡并非孤独的起因
而是空落落的怀抱，暖不起人世间的温情

让我们以诗心相认、相惜、相爱吧
重新建构心灵广袤的故乡

4. 远

对于被设计的生活，我们已经躲得够远
躲到没有主义、没有斗争
没有奖罚、没有黑白的山水里
只看一朵扶桑的开谢
一朵浪花的腾降

就让我们在时光中一起缓缓变老
缓成一种宠辱不惊的禅定
惟葆一颗奔驰的诗心
不衰老不昏聩不易辙
矢志奔向清明之境，旷远之乡

清新[1]，通向灵思的造化（组诗）

1. 贪郎山

一个贪字，带着乡土原始的汁液
就像擂茶与灰水糍，以沁人的植物香
让人贪嘴不已

被城市舍弃的习俗与粗糙之物
散发着自然造物的光华
我们来或不来
它都是最真实的存在

在虎尾村，我与光绪年间敞开襟怀的晒场
和屹立于陋巷深处、与贪郎山遥相对望的碉楼
保持一致的恬静

注：

[1] 清新为清远市清新区地名，在诗中的应用各有新指向。

2. 山居冬晓

在山居醒来。竹篱谱写的阳光五线谱
铺陈而至。天光与虹影在水榭上舞蹈

山间的吐纳带来通体如洗的清新
此刻，瑶台琼林莫过于此
而夜里的诵诗，声犹在耳
游弋串联的词语照亮诗性的时空

语言最美的呈现是为诗人所抒写
正如木头最好的去处
乃成为一架古琴，在悠长岁月里
流传高山流水的浅唱低吟

寻梦的人，游走于此岸与彼岸
栖居于永恒的林间，胸间的田亩

3. 游桃花湖未果

错过是一种缱绻的系念
就像惜别是依依的不舍

雨天临湖思泛舟
冬日里勾勒桃花繁压枝

歌声中阿娇摇着的船
迷失于雨雾迷蒙的深处

翘首凭栏的定格，在心里
多少友朋等待着呼渡的桃金莲

迈着碎步走来。那悬于枝梢的雨滴
已隐匿着呼之欲出的桃红

第 二 辑

拼起人类的颜值

游心走笔

撷花入馔斟浮世，安步轻装陟峻嵚。
五岳游心休纵马，风雷走笔丈千寻。

通往巴伐利亚州的火车站

火车将去往童话里的城堡
湛蓝无云的天与异域幻境令人恍惚

跌进多维时空的无措者
为干燥的轻风所抚慰

阳光耀眼的明丽
拂照着站台上三三两两的疏朗

金发姑娘席地而坐
颈上的蝴蝶随着笑声展翅

紫色花摇曳于天地间，没有名字
正如我，站成此处的陌生

爱丁堡的海

鸥鸟盘旋的街道深处
有高悬的大海
它可像葛饰北斋的“神奈川冲浪里”张开浪的鹰爪
或如埃舍尔的瀑布循环倾泻
但它在风笛的悠扬中敛住自己
就像量杯里带着刻度的鸡尾酒
这“蓝色珊瑚礁”
静静地伏在福思湾
因为七月的旅程，因为八月的艺术
还有我暴露给你的软弱
与你所愿记下的、侘寂的一切
值得温柔相待

城堡里的售酒员

准确地说
是售酒大妈。她不停地怂恿我试试
每当我经过她面前

各式各样的威士忌
披着耀眼的铠甲，使我眼花缭乱

她慈爱地望着我笑，像在鼓励
初涉世事、不解风情的女儿
品尝来自洪荒的生命之水

而我一再的经过是无意还是有心
好吧，来一杯。再……

英国

从加长林肯车伸出半个身体
举着高脚杯向路人祝酒的美女

在地铁上勾肩搭背
十指相扣情意绵绵的帅基男

一周六泡
以呕吐刷日子的泡吧族

年至耄耋，依然拥有天真心性
热爱极致之美的知识分子

这些喜欢在街边、草地向阳而栖的
多色玫瑰。晾晒着各种版本的人生

刻着英烈名字的祷告椅

它们刻着一个个士兵的名字
并肩在谢菲尔德主教堂
与上帝一起葆有永恒的体温
以低处的平常给祷告者依靠
而街头名人雕塑的头上
滴满乌鸦的鸟屎
和醉汉给他们加冕的塑料雪糕筒

这是拿破仑的妈妈

她披着白色的纱巾，端坐于高椅上
沉毅望向右前方。左后侧大理石柱伫立
一个男人的石膏胸像
他有一张同样沉毅的脸
拆读过的信蝴蝶般歇在桌上
仿佛尚有体温的微息
我对儿子说起画中纱巾透明的精妙
刚走开的英国大妈折回来告诉我们：
这是拿破仑的妈妈

断臂的维纳斯

记忆里的静谧之美
此时为暄嚣所包围
面对来自世界各地的围观者
她稍微前倾的腰身略显矜持
仿佛盛名之下淡泊的端庄
想象中长出来的臂已然多余
正如美不需要更多的附丽
我独自一人站在她的背后，想起
来看她之前，行色匆匆的游人向我打听
“断臂的大卫在哪个展厅？”

尼斯恐袭之后

新闻公布着数字、地铁如常报着站名
乌鸦迈着小步游离于事件之外，就像巴黎
没有人表达介怀或宽恕
市民沉浸在国庆的余欢中，烟花仍在开放
我听见街头歌手唱：
我作为光来到这个世界
所有人都不应活在黑暗里

大地是万物的家园

在琳达与教堂之间
隔着青青的芳草与一排排
宛如巨人脚印的墓碑

孩童们在墓地与草毯里
追逐、翻滚

走马的世象与不变的轮回
在此地浮现原始的镜像

她伫立在风中，忘记了躯体
仿佛永恒突然降临

微小的生命如此顽强
逝者的脚印如斯幽深
泪水涌上了她的眼眶

时间的切片

人们在世界时钟下
入座。跷腿、打盹、吃喝、离开

指针在地球之心摇摆
亚洲人往前拔，欧洲人往后拔

警察来来去去晃着肥硕的屁股
而我手上尚未拨出的电话
已成为你的历史

每个匆匆过客
为自己做着记忆的切片
横断面的险要或平实被时间随机抽取

你前拔或后拔，指针依然回到原点
不像小姑娘式的历史，被任意打扮

每份留存的切片，将拼起人类的颜值
生命意义的重现和情怀的火苗

阳光穿越夜半之暗

——给Dante

从北爱尔兰到爱尔兰
无须签证的阳光
马蹄踢踏抵达大河之舞
凯尔特人踏出的路
通向五颜六色的色彩之城
权力的游戏犹如黑啤里
不捏即碎的泡影
隐喻的道路站满向天的树冠
那暗夜之火的光焰

拥有每增一种，负累随之加叠
唯有你的降临不是生活的附加
舍弃那些虚胖的幸福
过信马由缰的一天，再一天……
尝试予心灵以喜悦的无意义

这生命最本真的教育
为自由的天空，为这一天
写下一句故事的开端：
阳光穿越夜半之暗

第 三 辑

如果我能、恰如你爱

今朝酒醒何处

啾啾鸟语鸣清晓，懒懒柔腰拱月桥。
褪尽酡红醺未醒，云端一枕至今朝。

胜杯[1]

通向故乡的路是摇篮上的旅程
车里的安然入睡成为回程的必然
那藤制摇篮的温存怀抱与棉布的馨香
如夜色四合包围我，许我安宁
而年龄与生死并非正相关
正如失眠也不分您和我
两个母亲同床共枕，就像一对儿时的小姐妹
时醒时梦。向左闲话、向右入梦
翻来覆去的身体，仿佛在天地间跋杯占卜
她谈论死亡，我宣扬长寿
一阴一阳的胜杯，达成互补的默契
这母在家在与女在檐下的偏安

注：

[1] 民间“掷筊”（即“跋杯”）所用的占具。“筊杯”由两块弯月形木或竹做成，一面凸起为阴，一面平面为阳。落地时，两面皆阴为稳杯，皆阳为笑杯，一阴一阳为“胜杯”代表如愿。

鸟鸣托起了失眠

啁啁啾啾，一只、二只、三只……
它们小孩斗嘴般吱喳得欢
仿佛童稚的小伙伴

喧闹中的幽音把黑暗的深渊叫亮
借着这吉光片羽，我把辗转翻覆的身体
轻放在脆生生的鸟声里

而爸爸正耐心反复擦拭茶具，直到发亮
他用长调口哨唤回的小黄狗
也跑上了云上的窝

需要

雨拖着古老的犁铧
掀开春被。深耕浅播

天地正调制一杯密度与浓度适宜的热饮
细味含于嘴里的桑葚汁液

那一刻，干花释放沉香
那一刻，酸甜共融琼浆

饮下颤抖的抚慰
抛开荒谬与哀伤

就像食色男女互相喂养
最庸常的需，最熨帖的要

直到你说疼，伊说惜

父亲的沉默

他沉默地看电视
偶尔小心翼翼走到阳台
将烟蒂摁灭在花盆中

回忆和共同的话题
被衰老披靡的力量所统摄
往事的烛芯刚挑起又熄了火

在反复被借调的生涯与无边的沉默里
深藏着怎样的过往与沧桑
谦卑与慎微的习性，在什么时候占有了他

我有太多的疑问得不到解答
就像国家史
永远读不到个体的细节

唯有与女儿并肩健走
和与孙子的棋弈中
才窥见他矫健的壮年与运筹帷幄的机敏

而沉默也正侵吞着我——
在风华正茂的壮年
时常惊觉——说与不说，都是泥足深陷的漩涡

越来越小的母亲

到更远的地方想念故乡
在古老的屋檐上瞭望大海的无尽
海风里的飞翔术被不断练习

总习惯以拉远距离的想念
平衡近处的琐碎
习惯于忽略眼前的所有
比如一年中寥寥可数的陪伴

此刻，听着她絮絮叨叨
数说鸡毛蒜皮的不满
把最亲近的人作为碎碎念的主角
我已不再做是与非的裁判
而是顺着说：原谅老爸吧，老人如细仔[1]

细仔的天真与好奇

也同样回到她不再明亮的双眸
公园里热闹的人群，雕塑上的小洞
都是她惊奇的对象

湖边打麻将的人
会不会吵起架来而掉进水里
公园边住宅区的人们
有地方买菜吗
铜做的茶瓯能不能移动
……
这分明是一个孩子向妈妈追问着
十万个为什么

而那边，异国大师的死讯正在圈中疯传
他们说你知道吗
我不知道。什么也不能动摇我
倾听好奇宝宝发现奇迹的耐心

注：：

[1] 细仔：潮汕方言指最小的儿子，也泛指小孩子。

突然爱上各式各样的盘碗

她们有着长方、椭圆、四边棱
甚至不规则的造型
钴兰、天青、玫瑰紫的面目
傲立孤标
这些各有襟怀的盘碗
在日子的砂砾中闪着丝绸的光泽
当我把她们端上桌面
梅馥、雪羽从其中纷扬而出
骄阳在楼那边慢慢落下
母亲此刻应也如是
在无边的磨蚀中拎出羽化的部分

看雨

一群小精灵，在蓬棚上
跳踢踏舞。“踢踢踏踏”的旋律
把楼上看雨的我拽进了队列
跺踏、叩击、旋转、展翅
继而垂直降落
雨水溅起腐叶的气息
老厝*外，蚯蚓犁起时光的泥土味
小时的我正蹲在树下，看蚂蚁搬家
苦楝子随风雨嗖嗖落下
这遍地的苦楝子
是小伙伴们拉满弹弓，射向明天的子弹
天地间有一扇万物之门
看雨的人，把灵魂看入雨里
拉弹弓的人，把自己射了出去

注：

[1] 老厝：潮汕地区指老屋。

冰轮

时间停在12点
丹凤的双眸目击一枚冰轮
如何抵达胸口

而指针将在哪一刻下移
触响18点颤动的心弦
冰里的水
以怎样的温香软玉
深入大海的沸腾

让我给你最美的快乐吧
如果我能、恰如你爱
圆月从此高悬

立秋

这个秋天从回流的时光开始
江水潋滟，荡漾情绪的高潮
鸟声在体内宛然鸣啭

南方的秋天，总是太短
仿佛漫长岁月的美好部分
轻易被面目模糊地错过

江天印月，在明与暗之间惘然
而我抿着嘴，生怕一张开
便掉出一枚羞红的月亮
通幽的心事被赫然窥见

在季节的转弯处
树叶沉入没有言语的轻颤
秋天的手，携我进入成熟的辽阔

年轮深处的美好，一圈圈
涟漪而来。就此深陷于秋天
陷于深秋的落叶之中。聆听
风过时，身体翻滚的轻微沙沙声

肉体之洞

带着自开的药方，往购物车里堆放
柠檬、红糖、苦瓜、辣椒酱
推着车子的女人，以凭方捡药的方式
填塞突然空掉的生活
空落落的肉体洞穴，回响着低低的耳语之声
而灵魂早已寻声而去
风中的蝴蝶如何追赶
那握之怕殒，放之怕飞的心

立春

“春风践约到园林……”
古意里的春迈着娘子的碎步出场

而雪霰浸泡过的南方
似饱读诗书的公子

酷酷的高冷
在一夜之间盛开的花市中玉树临风

花街花影，人面掩映
时间的刻度在暗中游移

只待岁晚人静
回归褪去虚饰的凌晨

而观众只见闻剧中柳眉弯弯的美人

唱腔里咿咿的长音。岂知道

真正的春天，从此刻开始
“稍立花前独沉吟……”

已惘然

他们互不道破，脉脉温情
他们各自预演美好的未来
他们守口如瓶

瓶子于是
被不相关的人撞碎
填进不同的沟壑

他们日复一日
怀抱未曾言说的美梦
在渴望与错过中耗尽生命

应春花已不顾一切地敞开胸苞

春鼓尚未敲响
应春花已不顾一切地敞开胸苞
以乍现的绫绡映红雪山与天边

而云杉仍在水边照影
仿佛等待湖心突来的“咚”响

高原的日子
幽微似水，犹如湖面波澜不兴

春天，就是悄无声息的山环水抱
风抚衰草，荣枯无碍季节的恩泽

春汛浩荡

起风了，门窗震动的音响
奏起浩荡的春汛
来自自然界的动员令
日行千里，夜行八百的飞翔
仿佛一个人呼啸而来
完成对另一个人的席卷
而风暴过后的回南天
香汗淋漓地回味一桩插曲般的奇迹

掰不开的石榴

它是奶奶手中的剪纸
圆嘟嘟地挂在指间
熟透却不离枝

它是四百公里外圆圆的坟包
一些小树长高了
只有它还矮在哪
头上顶着一撮撮荒草

想掰却掰不开的石榴
想到又没到的远山
那记忆里扫也扫不尽的墓草

我不断地说起春天

四月拼命地下着雨
仿佛要把昆明的水全部倾泻到广州

水流向低洼处奔跑，恍如替干旱的高原
一路叫喊着：渴、渴、渴

去年春天，那里开着盈白的山梨花
和遍野的紫罗兰

云的春城与雨的花城
都开着我所爱的花，绽放着自己的静穆和疯狂

高处的南方与低处的南方隔着1680公里的距离
而我只是不断地在诗里说：春天、春天、春天

山里人家

他们坐在矮凳上
脱玉米粒。背后
是玉米棒堆起的金色大厦
小孩的童音像圆鼓鼓的颗粒
不时蹦出筐外
三个人的世界云淡风轻
阳光从山上飘到脸上
又从脸上移过山后

我不叫你亲爱的

我不叫你亲爱的
这个被滥用于任何人，甚至敌人身上的昵称
我喜欢轻轻地叫——我的你
从左读到右再从右念至左
它是互证互通的动态名词
是悬崖与深渊、激情与欲火、沙滩与海水
是贫贱夫妻，也是神仙眷侣
这个最朴素的称呼
就像人民与祖国，大地和万物

雨中等待

你走后，雨经年不息
你留下的伞撑不住漫天的阴霾

长街人缈，骑楼空寂
我依然在街角等你，等待
一盏车灯照见你归来的脸庞

等待，雨以更猛烈的来势
把人间浇灌成七夕的天河

女妖说

不许你掐头取尾
我要在静夜里
歪着头唱歌，甩着尾巴跳舞
只准你，在乳白的月光下
摘去我——百结的柔肠

爱人来电

他说：我醉了
我说：乖，快去睡吧，别着凉了

一张躺椅轻轻地在庭前摇晃

每次，他都摇晃着，被连哄带扶按在那上面
每次，他都大着嗓门唱跑调的歌

相濡以沫

那是一种漫长的苍茫
走过万壑千沟，你才知道
相濡以沫，不只是相互喂哺口水的简单

有多少跨不过的坎坷
就有多少绕不开的磕碰与相扶
而再长的夜也有惦念的光芒笼罩

当你再次为铩羽而伤感的爱人拍背助眠
当你为一句：我怕来不及告诉你……
而潸然泪下

人心的坑洼并非一朝一夕熨平
在时间的磨砺中，在棱角已圆的中年
生命中的轻与重，已无须反复掂量

在如水暮色中

在晚霞隐去之前抵达
小城披着金钻的光
凤凰树在行道旁展翅
行人施然于前方

从进行曲到平沙落雁
从一种生活进入另一种生活
天色缓缓暗了下来
我已好久没听到自己的心跳
这样真切。在一个异乡的傍晚

暮色低回的石岐
宛如一支咿咿呀呀的橹
摇出了如水的安宁
在与诗歌相遇之前，我已提前一步
进入洁白的时光

当我能够以陌生人的目光看待自己

今又七月，时间似乎是滑溜的
它以鳝鱼的速度在你我之间遁去
而舞扇、扭腰、挥剑的银发族
以其一成不变的在场
粉饰着日子的缓慢

有时我会停下脚步琢磨
哪一位满脸菊花的阿婆
曾有过一个洛丽塔的花期
哪位行动迟钝的阿公
曾历验过格瓦拉的往昔

每天徒步经过他们，我不厌其烦地
经过停车场、草地、医院、菜市场
就像一部纪实片摄影机
将日复一日的单调沉淀为单纯的静美

我长片里的风光

可会沉淀出别样的璞玉，有时我会想
当我能够以陌生人的目光
看待自己，以摄影机的精确和真实
哪一段记录，是我一生中
值得反复重播的高潮

如果你无处收藏我的辽阔

对于一颗爱着的心
无际的旷野并不太大
一个人的臂弯亦不算小

我的你
我用一个河谷的香气
一朵花小小的嘴唇
依恋你

游牧的马，漂泊的人啊
请你在八月
沿着丝绸之路
踏着前世的节奏归来

天山脚下的辽阔平原
盛开着我丰盈四溢的花期

我有淡紫的清雅
蓝紫的妩媚，还有红紫的奔放

如果你想带我去远方
就让我带上遍野的思念
如果你无处收藏我的辽阔
那么，请摊开你真挚的手心

今生我已不再化蝶
英台已不乔男儿装
一滴提炼的香水
就是我浓缩的灵魂

我深信
这灵魂之水的前调与中调
清雅与妩媚
足以让你梦蝶而蜕

而我并不叫你梁兄
我的你
我要以后调的奔放之香
让你在沉醉瞬间脱口而出：馥

一朵蒲公英竭力收紧四散的身体

太多的我像一群顽劣的孩子
在肉体统摄的栅栏之内
他们拼命掰着肉坠灵飞的豁口
而奔跑的我
像一朵蒲公英
竭力收紧四散的身体

榕江水

汽车悄悄驶过榕华大道
我并没有认出这无数次走过的街道
尽头的完整水域被桥梁生硬撕裂
又如一条拉链扯住了两段残酷的分离

在通往进贤门的十字街口
我才猛然醒觉
仿佛拉上了门才发现
钥匙反锁在屋里

西湖边缓慢流淌的榕江水
需要一次老旧的眺望
就像这一次
我停顿自己，在崭新的故里守着妈妈

如果她坐着，她就是进贤门

躺着的时候，她就是榕江
而此刻，于我的眼中
她挺直的脊椎便是梦萦神系的黄岐山

午后

此刻，你在沉睡
像一片微暖的阳光
我是你怀里的乖宝宝，不哭也不闹
均匀的鼻息纠结着
就像风雨后
船与水面默契地摇晃

差异或殊途同归

他说：我爱你，从局部到全部
她说：我爱你，从全部到局部

他的爱越来越复杂
她的爱越久越单纯

空椅子

他坐在那里。整洁、干净
水洗的语言清爽、圆润
夏夜的心无尘。沟渠在流淌
月下树影占据的地面。没有人的房间
无数次走过的巷子。余香仍在的花瓶
这些都是空的
他走后，这把椅子满满的空着

我（是）鸟

展开翅膀，天空就是我的胸膛
长空孤翅，不喜排人字阵

瑟瑟秋声起，落叶踏下脚印
我放弃自己的孤独来驱赶你的孤独

张开短短的双翼，我摇晃着笨拙的身体
一溜小跑扑向你

你看，这只乐颠颠的，穿着燕尾服的鹅

沉入深处

没有床。只有坚硬的地板
三面白墙和一面明晃晃的玻璃
睡眠无处落脚
漫长的时光，一直端正地坐着

在一个静静的午后。我终于自由地伸展四肢
身体如一条大毛巾，松厚柔软地
紧贴着瓷砖，幸福睡去
世界静止，飞尘落入泥土

荼蘼

1.

一把壶，一个茶海，三只杯
工夫茶具的经典搭配
就像她一家，三五成群的圆满

绣花，育儿，待夫归
是她茶饭清香的日子
她何曾预想，生命就像瓷器
圆满只是缺陷的开始

这一天茶壶崩炸，陨石坠地
男人的墓志铭刻着：
他被他饲养的耕牛所杀
他回到他半生开垦的土地

夜静如死。她跨过栏杆，扑向永昼
她碰到一个人鄙夷、痛惜、忧伤的眼神
那人来了，从镜里：
哦，我没死。我已死过
她抱着自己，嘤嘤地哭

不分你我的人，没有预期便断然分离
花、草、树木泾渭分明却安然同生
缺陷是人生的真实啊
在天空与道路的深处
她成为最接近土地的人

2.

三月，桃花灿烂
就像一场汛期侵入她的死寂
蜜蜂的尖喙与花蕊彼此勾引
漫天春色抽动隐秘经脉

昔日的调笑与娇嗔犹新：
不许乱想

就要、偏想、想要

而今此门中
唯美的孤傲高于肉体的喧嚣
她虽不比一朵桃花更有勇气
也不比一棵酢浆草更易折断

她以漫长的寂寞
杜绝无所不在的青白眼
赤裸的肉体在深夜里祭奠她的盛年
那空荡的宽床上渐冷的花期

不贪求者坦荡荡
一棵贴地的石莲
也可以长成窗台上蔚然成障的雕栏
万物一旦对谁开口说话
大地便敞开了怀抱

儿女、房屋、田园、家禽、牲畜
草木、山谷、风晨、雨夕、星空
一切重新出现

3.

汗水浇灌青菜、禾苗、瓜果
绣针磨薄的指尖下百花开放
当针尖在灯光下刺出鲜血，她轻唱：
十五年来——未上——梳妆台……

儿女们像杨桃树一样长大、结果
有的香甜，有的微酸

她不再摇摇晃晃走在田径上
土地被她搬回了家
她不再用老花眼穿针引线
沃土上种满鲜花

这些蟹兰、芍药、茶花、石榴、千日红、紫背天葵
就像儿孙们回乡般
挤满檐前、屋后、阁楼、窗户、阳台

拖儿带女的孙女们
这些与她当年一样鲜美饱汁的女人

窃窃私语着：
外婆更美了，像那蔷薇科带刺勾的花

她接过她们递来的茶
雍容、缓慢地啜饮
就像品味或吞咽着
她一步一步经历过的人生

沉默交谈

一切是那么不可言说
当你让我说出

饱含以你为核的痛苦与幸福
一颗珍珠的丰盈如何诉说

海湾的潮汛
属于我们的浪花

耳边是贝壳与沙石
摩擦的砾砾乐章

以潮涌中真实的滚动
无限温柔地贴近

幸福的私语
用心跳沉默交谈

淡紫

我不说我的名字叫淡紫
这种颜色无法捉摸、无从定义

加上一点蓝就是大海
勾兑一些红就是火焰

我不要大海的空荡，不要如焚的火焰
请给我一种温柔的席卷，一串熨帖的系念

一个小小的旋涡，足以让我
轻轻地抖、微微地颤

就像七月与云朵
相隔一层透明的距离

一场浮云雨刚刚走过
一场浮云雨即将来临

横琴岛

她与澳门是琴与瑟的相遇
就像一个人在茫茫人海中找到唯一的另一个人

他眼皮上的瑟弦，颤动秋波
她轻轻倾诉她长久的思念

只需静静相对，只需隔水一笑
水面的乳雾，雾上的亭台，皆在灯光瑟动中

夜深人渺，满地蚝壳敞着深凹的怀抱
风钻过窗帘、顺紧被角

无须膝上横琴，拔弦兴波
无须举杯掷地，嗟叹高歌

水滴在凌晨抚平涟漪

一切有情，都无挂碍[1]

注：

[1] 苏曼殊之语。

箜篌悟

从睡梦的和弦中醒来的夜晚
只有灰白色的月光戳在床前
就像利箭射在坚盾上

她以为爱就是爱，不包括任何的爱屋及乌
身体也是。多年以后她才听说
那种爱才是全部

温暾的流水淌在坚冰的背面
一只手牵起了她的，安全、世俗、熟悉
而这只紧紧抓住她的手，没有闲置另一只手

冬春夏秋都已走过，冬天却还在前方
守在一起的两个孤独，是如何的孤独
最熟悉的，原来也是最陌生的

天上挂满星星，她不知
该从那一颗数起，这虚无的真实
屋里灯光无处不在，多么真实的虚无

纤纤廿五弦，恍惚指尖磨细
一声呼唤在耳边响起，瓜熟蒂落的轻
她应了一声，天空应了一声，大地也应了一声
我在、我在、我在

爸爸娃娃

我不敢用力
只用指尖轻轻按压
爸爸的额头。我想
为他挤走疲倦，抹去折皱
柔软的手指从背后往前走
越过崎岖的山路
肩骨、锁骨凸起如瘦石
小时候，我是怎样惬意地骑着它
就像所有骑在墙头上的调皮孩子
这时，爸爸温顺地倚着我
多像我幼小的娃娃

风穿透我，掠过你的方向

20℃的阳光
在墙的拐角处消隐
我抢先，在你转身之前离开

也许离开，是一种用心的靠近
只有海知道
一滴水饱含潺潺涛声
她需要无垠的博大

拎不起的东西太多。我只是想
把手放在你宽大的掌间
就在今天的最后一秒
一次唯一的相握

我一直走着呐喊着，喝下不少凉风
前面只剩下

一个空荡荡的转角
风穿透我，掠过你的方向

老情人一样暗恋着

一挂巨大的筒珠风铃
滴滴答答在风中摇动
你的城罩在雨的珠帘中
而你不在
老地方老情怀旧物件
经不住速度的离心力
唯有雨
老情人一样暗恋着
轻拂着这湿漉漉的记忆
缺席的你随着风铃
由远及近、自近而远

乡村春节

没有一种宁静，够得上乡村的深沉
各大城市的寂寞在此间积聚
没有一种热闹，盖得过乡村的盛大
久违的野性于早春炸响爆竹

高低不一的新楼房
在暮光中凸显出错落的轮廓
这些装载着乡愁的空屋在岁末胀满人声
蔚蓝与暮橙默默在这里交换昼夜

一群李花开在高速路畔岑寂的山坡
仿佛排着汽车阵的人们
怀着一颗草木之心
总想借一朵净白之蕊回到从前

而我一次次踏上归途，沿着春天的来路

以雨打芭蕉与豌豆花开的盎然
为时光之树刻下年轮
当中有睽违的你与曾经的我

广州的雪落向远方

那一点点飘飞的白
是意念的雪花还是六角天使

见而未近，亲而无碍
散淡的形迹，仿佛我喜欢的简单生活

爱人与孩子从不同的远方发来问候
“广州下雪了吗？”

是的，下了。那小小的白与轻
就像无须多言的问候

雪落到大地的故乡
宛若我插翼一路向东

寻墨—水龙吟

秋水在零下望穿归途
等待一场天地应和的惊春

于料峭轻寒中
憧憬春天的怀抱

新元初启，童心引燃冰点
万物在图书馆里装置

这闪光的魔方二维码。只需扫描
无数立面随之展开

行云流雪，水龙腾舞
形与象在水墨里融合熏染

丹青里闻丝竹之声

行止中生步步莲花

岁月沉淀的墨魂
以一阕春之诗，在花城人心中着墨

宗祠里的故乡

（梅具四德——元亨利贞。初生蕊为元，开花为亨，结子为利，成熟为贞。）

1．元—源

远古飘来的炊烟，在山腰萦绕为雾霭
灵魂的关卡在梅关洞开

走在凹凸崎岖的古驿道上
祖辈的脚印一路向南

青石上的斧凿勒痕与久磨成镜的光滑
刻画着盛颓跌宕的历史风云

沿途流传着女子献身成仁
男子英勇壮义与觉慧者的禅定

历史不偏不倚，让儒道释在传唱中共存
留与后人斟酌

在赣粤之间
西来初地的辣辣火性宜慢慢细味

2. 亨—昌

从南雄的大街拐入小巷
便换了人间般的安谧

许是历经了商贾云集、卧虎藏龙的腾腾火候
更能沉淀出敛息的虚静

雕楼画角，伫于幽处的灿烂
宛如道旁的玫瑰茄开满血红的花
更似梅子成熟时节那压枝的沉甸

这些带酸的物种
在浸泡与陈化中，静默出酸甜与窖香

青梅煮酒
亢龙与韬晦，英雄各有机杼

3. 利—子

在珠玑巷重温族谱
领悟形迹的关联
贯穿于日常的相承仪轨
此刻尤其清晰

老家门楼前每年亮起的灯笼
以“九牧世家”的光芒
如期照亮祖辈的来路

而这枚太阳未落山
便高悬于珠玑上空的月亮
是祖先为后世子孙而悬起的灯笼

出行、返乡，分离、相聚
我带着身体里的祖先，世代相承的血脉

在世上来而复往，直至新进为祖先
抵达宗祠里的故乡

4. 贞—浈

从浈水到浈江
源古之河在朝代的更迭中滚滚前行
在乌迳，游子被西晋古迹的荒茫蛰痛

旧宅零落，仍具绮丽之韵
斜晖中的“玉珊祠”，宛如伫立的
落寞美人，夕光下依然有迟暮之美
而荒草中的野花，忘了年代地开放

总有一些孕育，在时间劫数之外
远处的稻香便是一种熟透的恬静
天然恩赐的宝物，一茬茬
在博物馆外的晒场阅兵

被野香熏醉的仲秋

落在草垛上，如归雁
回望农家新院敞开的怀抱

第四辑

在匍匐与扬鞭中

无题

晴晴雨雨夏时天，暮暮朝朝转瞬迁。
正拟透参萦绕事，未曾顿悟已经年。

小满

罗勒从此刻
嫁接这个灌浆的日子
晴晴雨雨的夏季光合并润泽
剪出的扦插之枝
浮世之上的林下风气
濡染用于浸淫身心的清幽
九层塔上的时光安之若素
当风看云，洁白开花
它进入所爱的身体
如罂粟蘖生的微毒
入侵并漫漶于气息间
闻到它就像闻到爱
此香金不换

春分 — 水滴姑娘

水里飞起来的水滴姑娘
贴着玻璃窥视

困于室内的人们
用各种墙互相分隔
规则的万有引力，拽住
身体的水罐

而水罐沁出的蒸汽
就像嫁出的女儿
分去半个潮湿的春天

无论是背离还是华丽转身
都是卓尔不群的叙事

飞吧，水滴姑娘

去往月光下的大海
朝霞里的苍山
去孕育一个个葳蕤的春天

而非一个个长满苔藓的水罐
上面爬满时光的幽暗
与日子的沦陷

那玻璃般的水面
也曾印下一滴水飞升的倒影

当她老了

成为门槛上一道风景的时候
过去与未来就隔着一条石槛

一生中的角色，已在八卦村过片
也曾做梦，在天上飞翔
做母亲，在地上耕耘
做女人，在匍匐与扬鞭中翻筋斗

而今，性别与身世已无关紧要
那些鱼贯而来的男男女女，各自带着小部分的她
似浮云掠过。沉默是永恒的留白
不问归去何处

自然即皈依。当肉体躺倒
竖着便是主，横着乃为禅

生命的弹性

站成一道风景的榕树
以连理的姿态互相驯顺
臂膀交缠，死死拽住对方
水泥筑成的地基，供起膜拜与观赏

但我不相信摆设，就如台上的盆栽
总有花泥噙不住的水，突然溢出
我更爱星湖边一棵展翅的金凤凰
兀自在风中葆持卓然的长势

庄严与澎湃
来自生命的弹性
就像云游与蛰居是一条弹轨的反向
在无限抻长与紧缩中相互反弹

扭头相背的一生

——读凡·高自传

丝柏与西北风的较量
日见脆弱
关于命运的预见
你已窥探太多

反复播种生活暗调与希望色彩的收割者
退到听不见摇唇鼓舌的耳后
只关心麦田与橄榄树，宽阔与寂穆
那落日后的宁谧与孤独

“忧伤不可以集中在我心里
好像水集中在沼泽里”
疯狂表象下无比清晰的思想
繁殖一棵棵扭头相背的葵花

我不愿停止阅读。不说

纯粹的热爱高于一切教义
更不愿合上这杳如星空、近若脉息的
共同一页

缄默是最亘古的原初

只需静静地、静静地听风
吟起水面的波澜

格桑花心碎的灿烂
摇曳苍茫无际的纯净之爱

青稞酿酒
沉浸暮色的忧伤

当落日饮尽光芒
缄默是最亘古的原初

在青海，醒着即睡去
蔚蓝的宁静轻抚惘然之心

被激情与岁月辜负的人
找到了故乡

途经此地

有时候，我们赶赴陌生之地
遭遇灯火明灭不定的歧路
此时有星光轻轻滑过
流淌在夜色里的河水，横过草地
有的人因不堪重走已望见尽头的路而止步
有的人因望不见前路而畏惧无垠
一生中有多少自我搏斗
人们在世上擦肩而过
留下时间筛眼中硕果仅存的硬骨头

我的天涯

在声音的交响乐中
我是唯一的安静

海在远处半暗半明，时吼时啸
鹭鸟独自将瘦小的脚，在沙里轻提、慢放

我需要一个天涯
用来放逐自己，用来收藏无法言说的流光

抓不住的指间沙，落向谁边
白羽扇动海风，双掌掀起波澜

波澜之上，舞台之下黑鸦鸦的头颅
这些茫茫的涌动的椰壳

雨崩村

一湖秋水
它可以飘着落叶，可以抱石怀沙
但它要有足够的清澈
有时用来映月，有时用来看水底天
更多的时候，用来影照
无名的小花，高扬的旗幡

牛羊散淡、万籁悠悠
这朴素得近乎庄严的经卷
澎湃至极而自隐
上山，下山，骑马，步行
必须以最原始、最动荡的方式
达梅里山下，泊无痕秋水

莫兰迪的瓶子

有的瓶子已倒下
灌满生活的泥水

有
的
笔
直
地站着，充塞虚无的傲气

还有一些不断掏空
不断补白的瓶子
以45度的倾斜
拒绝圆满的
空洞

而在时间的眼里，这些

不过是一群
既不丑陋，也不美丽的静物

山谷里的芦荟花

她细小而安静
向下的敛隐孕育着一朵花的春天
清流是她的知音
在山边轻手轻脚地淌过
阳光与修竹静候着她扶风起舞
摇曳起一串串鹅黄的风铃
你必须葆有一颗春心，才能在某天
邂逅这场沸腾的绽放
听，旷野传来密语：
上帝在带刺的事物中
藏匿着时光的花蜜

纸荼蘼

不去采撷陌上的花枝
我热衷于培育纸上的荼蘼
枝、叶、花，执、痴、释

这纸做的花朵如何能献
它无用的轻、承载的重

但我依然由制造一根带刺的杆
开始。一个词一片瓣
绾住半绺岁月的经络

直到，一枝最后的荼蘼
收藏一缕相应的灵魂

水边的胡杨

秋水长天，正是黄金时节
你我伫立于天地之间的寂寥
千年风云掠过水面，微波不扬
生命何需过于繁华的出场与谢幕
极易疏忽、最难把持的，岂非
这盈盈一水的温存

岁末

我不把一年的人事
全部在这一天圈点

水有时以岩石的纹路翻滚
冷空气也可以用湿热的方式南下

就让它们搁留在原来的位置
保持原始的情绪

我不再遮掩涌出的泪水
也不回避丛生的忧郁

不讳言快乐的降临
也不羞齿欲望之骤至

放下所有的旧事

接纳将至之新事

让挣扎施然松弛，让纷乱井然沉寂
就像今天的告别，是为了明天的相会

一盏灯与一颗星的距离

黑夜的高台上
曾有人不断练习飞翔的姿势
远方的灯火比近处更为明晰
一颗一颗，绝不模糊一片

眨着眼的星星，揭示灯盏的感召
死亡其实不过是
一盏灯与一颗星的距离
人生的必由之路，我必安然迎之

一个甘为诗者的人
那秘道早已走过
我见过广袤的天空、无澜的秋水
怀抱鹿撞的星群

时间在这里停了下来

湍急的车流依然在路上。时代
像一个高速旋转的万花筒
而我偏安于一隅，沉入书本之宁默
独自拥着其中小小的涟漪与古今的浩瀚
仿佛时间在这里停了下来。多少人独立苍茫
草木一世，却胸怀千古。人生是一个大圆圈
走着跑着都是一生。一棵小草
在属于她的春天，抽出勃勃的嫩芽
世界像一个梦，雨雾迷蒙
春潮在其中。深流暗涌
三三两两的脚步在斜坡轻轻走过

落日在农场渐软

落日在农场渐软
我在林间翻阅秋风
起舞的树叶
因风而寄浮生于水面
而我无意感慨命运的偶然
生命的来去各有其所
想怎样开就怎样开吧
杨桃花正在枝干上憋着紫红的脸

白鹅潭

人们从水上而来，就像群岛漂移而至
在夜游的巨轮上
犹如踱步于家中，闲情地做菜熬汤

海珠、荔湾、芳村，三岸环拥三脉汇流
故事与秀色尽烹于汤汤珠江

起义者已遁于明朝之水深不知处
白鹅救人传奇在水面流传着顺天意合民心
岁月褪去英法租界的异样繁华

欧陆之风却以潮流的面目去而复返
犹如舶来的狐步舞
踏着娱乐的节奏旋转在今天的吧台中

而我关于这片水域的记忆

皆有明月高高悬挂。仿佛一块无字碑
用光影刻录着白鹅潭的前世、今生、来缘

当所有的小岛
带着各自的微醺游离潭畔
灯红的酒吧街静止下来，酒绿的风情停在街角

只有细脖长颈的白天鹅
在月光的抚摸下，轻轻地把头搁在万古流芳的水面

混沌

时间是无数沙粒堆起的危岛
要成为被湮没的沉陷
还是被择出的怀念

白日的逐鹿，黑夜之体香
奔跑与静止
生命摇摆于上进与顺应之间

活着，如水
被梦想完整着的破碎
向西复向东

唯有星辰毫不迟疑
用一弯明月的升起代以一枚太阳

灵魂向上，身体向下

说是要去一次教堂
进入一回夜晚的墓地
这间接的途径，是否可以体验生命的狂放

巨烛一样的纪念碑刻满黑蚂蚁
走过陵园的脚步轻悄
忍冬花没有醒来，金盏银盏还藏于枝节间

想到教堂，内心的烛光太黯淡
想到墓地，此刻的胸怀过于空荡
俗世的烟火待我去烧

把我忘记
这是把自己放到最低处的声音
这是生者和逝者向上衍生的宽宏心灵

在这天堂与地府的中间地带
当我试着用文字说话
肃穆让我安静下来

就像落日奔向大海

黛瓦灰脊彩瓷，金木水火土的厝角头[1]
似群鸟在视线里向后飞掠
仿佛一切的际遇终将空无

有时我只身狂飙，有时背着儿子跋涉
风语在衣裙下，释出身体暗藏的雨声
相同的图境不断重现
这难以舍弃的远方，也许
会在某一天向我奔来，就像落日奔向大海

正如灵魂深埋于身体如矿岩，集点成线的
光芒，不像水自行溢出，而是等着某刻的喷薄
永恒与空无应有互相转化的关联
或是满天的星斗与寂寥，藏匿着我未知的渊源
一次次引我，在夜里张开翅膀，如鸟飞翔

从一场梦里醒来，晨光已来到床前
我坐着，如一座山
敛聚日月的光华

注：

[1] 厝角头：潮汕民居房屋外侧山墙塑脊，根据所处地理的五行格局而塑成相应的造型。

大海在其南

原乡在上，大海在其南
汉风宋水，深谙时日的冲合与苦甘
多少相逢而未见
遗落于夜色里的沙滩
一个故乡的陌生人
敏感的肌肤已不适于潺湿的晚风
本该属于内心的灼热与紧绷
浮上去乡经年的脸庞
仿佛一个晃动的海岛，带着自身的盐
在涨潮与退潮中，清洗隐秘的伤口
上山采茶，下海淘贝
我爱一路高歌打开的往昔
持灯夜吟的此在、友朋的绽放
与月下林间寞寞天地的寂寥
一杯宋种单枞，悄然以沉沥的淡然
置换了生命之生涩

携着群山之巅的恒常，大海之心的深邃
今天的原乡人，再次出发

从一场秋雨中学习超脱

大街车辆稀落
节日带来娴静的安慰
一场突至的秋雨沙沙落过
宁静如炊烟般笼罩这个时常过于急仄的城市

我放任精神的远游与肉身的暴走
在同一时轴上反向而行
缓慢与迅疾聚焦于骤降的灵犀
纸上跑马也该偶勒缰绳

年龄渐长让人领会到生命的珍贵
流逝的光阴，足以兑去
生命中的稚怯与虚惘
精神的飞逸与家常的踏实皆具其美

每天以有限之跬步丈量无涯的天下

在徒步与神游中掠过各个朝代的天空
最终降落于天河公园之北
随心而至是生命最质朴的处所

从一场秋雨中学习超脱
学会游刃
为每天吐出的骨和刺折叠盛放的纸船
并对自己说：让它随波

与一棵银杏相遇于秋天

斜阳里淡黄的银杏
斑驳了余晖
伫立在老房子屋后的一棵银杏
宛如故人撞入眼帘
它伸向大地的枝丫
俯盖而来。这盛大的福荫
抽空了夏燥
通体透明的秋天，在天地间
融成一片葳蕤的温柔
最深沉的恩宠
来自远古漠漠的寂寥

第五辑

事实与虚构

君子立身

风横千叶剑，节立万年身。
跬步量天下，冲霄绝浊尘。

薇依 [1]

她久久地爱着
她的爱太博大，以至没人感觉被爱
她拒绝给一个人欢爱
她给了所有人

人们挂着木偶的面具，充当灾难的计件工
黑暗太黑
薇依觅不到自由公民

没人在意她一再的牺牲
所有能切割的，她都舍去。只剩下坚硬的尊严
犹如冲击钻，发热地空转

怀揣光芒万丈的一线希望
她奔波，不停地绊倒，不停地站起
薇依、英雄主义的薇依
她每绊倒一次，地府就向人类发射一束幽光

在我们的泱泱大国
谁能长成一棵独立苍劲的树
谁是薇依
我不是，你不是，他（她）也不是

注：

[1] 西蒙娜・薇依：法国思想家。她将“人”定义为“世界公民”。

事实与虚构

风声呼呼刮跑睡眠
我从砰然跌碎的声响中
模拟墙头上的马赛克随风起飞
轨迹清晰如眼见
高悬城楼的耀眼体面
以加速度坠入终点
一场弄不清何谓玉碎何谓瓦全的战争
在黎明前暴发
而一场暴雨正紧跟着冲刷战场
真相的瓷器碎了一地

黑暗时代——对一场电影的复述

时代是白色的，许多时候是无声的
在无垠的白雪中，任何人都有悄然失踪的可能
一所藏着真相的小屋，正进行着案例重演

上级在与高层互揭隐私后死去
屋前，中央来的人正在打架
女检察员在屋里早产着不知父亲是谁的下一代

而屋后，被女警的母爱放生的羊
在仓皇逃跑与多方夹击中
绊倒在他不得不代替的罪上

我分不清什么时候
案例重演已转而成为重演案例
只是场景已由大雨泥泞变成大雪无痕

中央、农场、糖厂，这些名称都那么熟悉
我必须一再提醒自己
这是旧时代的俄国，不是我国，是俄国，不是我国

而同时，我又惊怵地发现
在汉字中
一个人的立场是多么重要

以花朵的倘然接受天然的风干

放下眼前的执迷，我要去远方
季节的幽深以脚步丈量
我要用最长久的耐心
沿途摸索果子熟透、蒂落的必然

我不去经纬分明的郑州
经一、经二、经三
纬四、纬五、纬六
经纬路树不起灵魂的坐标

我不去井井有条的北京
王府井、龙头井、大井
金井、沙井、玉石井
条框街绑架着突围的犄角

我要去没有捷径，没有陷阱

没有城墙的远方
在地阔天高的夜里，迎来白露湿秋衫
张开嘴唇，以花朵的倘然接受天然的风干

钉子

在雷锋那里
它是榜样的近义词
在拆迁户那里
它是刁民的同义词

良民是嵌入栅栏、规范的万众
唯有少数调皮的刁民
露在木头以外，挂破一些人的皮肉

总要有一两枚眼中钉，钉入心脏地带
总要有一些闪电，喊醒春雷
不然千千万万的行尸走肉
谁来刺痛

四月，钦命的昏庸

四月为药物所喂养
在这被誉为美好，适于做梦的春天
我给病重的自己开了清热、解毒、止咳的处方
西药、中药、食疗
在反复的咳嗽和过敏中
不得不屈从医生的通牒，各种忌口成为不得违抗的圣旨

很多东西均有毒，我早已被告知
比如水、空气、土壤，包括文字与思想
但我还是每天嗜毒如饴，作为自由的一种
让它们在身体里接受消化与扬弃

而此刻，我无从选择
唯有猪是最具安全系数的供给
这种最适于圈养与屠宰的动物

迅速占据了我的口腹，甚至头脑
吃了睡睡了吃，我积极配合全方位的禁锢
并逐渐把这种钦命的昏庸养成天生的习性

中山大道

一次又一次的迁居
总是盘桓于中山大道
仿佛隐者辗转于山中
大道怀于胸

姜子牙之垂钓江山
钟子期之闻琴知音
俱往矣

在这东接黄埔军校
西通高校群的大道
行走着众多矢志者、易途者

每个人都有自己的朝天大道
就像每座大城市
都有一条路叫中山

这些叫中山而不叫民主的路
产生于一个含蓄，或欲言又止的民族
宛若国画家的画
借竹喻气节，以松况不屈

她在夜里写作

这孤寂的深渊归她所有
星星点亮天幕的夜
一个阒寂的国度，适合悄悄
构建一匹特洛伊木马
以《征服天堂》的节奏
席卷推进

假装什么也没有发生

城市用灰烬悼念无辜葬身者
喉舌与舆论被沉默。一同哑默的
还有装做什么也没有发生的诗歌
如何能像刀笔吏
把生命简化为数字的约取
一笔带血的账没有债主
廉价的口号与变相的歌颂带着厚厚的粉饰
而新闻依然是预制好模版的旧闻
容留灾难的遁匿之路
光明正大地铺设并声张

请向生存的勇气致敬

停止砍向自己的镰刀
为了给孩子留一个随时回来的怀抱
为了听取满池的蛙声
为了担起弱者的道义

为了比死更艰难的生
作为疾病的佐证
作为黑暗的反面
作为诀别者的幸存

作为对自然律令的践行
那么多猝然的别离
那么多对世界的爱与恨
那么多亲人的泪滴在眼眶打转

请向生存的勇气致敬
（并请逆向再读一遍）

我们在海边谈昌耀

海在脚下剥削贫穷的礁石
遥远年代的夜风
就像晓明说起往昔年代的爱恋
那种微甜的滞涩为八零后的新人类所不遇

以德群人是诗意诞生的母题
当玫瑰与热爱同时降临在一个孱弱的病躯
那善良的烧灼是否也随之病变

他们说起永远的女性
三股澎湃的激流，从不同的纬度涌向三门岛
而在雾氤未霁、月迷航标的亚明栈道
梦媚之美已施然前行

诗者

故居紧闭着
就像陈寅恪先生晚年的眼睛
两扇关闭的窗户深处清明如镜

宛若小说的虚构部分，人类的戏剧持续登场
真实剧情的遮蔽不可原谅。我念叨着“独立之精神，自由之思想”
犹如自身之紧箍咒

谁在挟正义之辞行不义之举
高悬于头顶的无形匕首。泥土上两片上下异处的脸
不同时代的恐怖具有相同的暴戾

建筑物与土地均有记忆，它的生命是现场的见证
先于人类而存在的细小事物，纵然经历洗劫
仍以无言进入历史、印证真相

惨白的残渣，血红的土地
这最后的沉默不语啊
从激素里虚长起来的光滑人，扭曲的灵魂如何挺直

草坡上母亲敞开柔软的乳房
轻轻与孩子交谈
乳汁连同声音汩汩流进幼稚的身心

他人的痛苦是诗者的痛苦
他人的爱是诗者的爱
我有哭的本能，也有笑的意愿

无法原谅真相，却原谅了自己一再看到丑陋
依然相信美好的无知
有一种语言是默语，有一种人生是燃烧

局外人

其实我不懂投人所好
默默编织光阴的袜子
是用来抵抗心灵磨损的手工
无论道路多么曲折，人世有多苍茫
朝圣者不图浮华，飞鸟不恋画檐

其实我羞于向这个世界示好
为别人所有而我没有的
和我所有而别人没有的
我因拙于赞美而噤声
因嗓子哽咽而无力歌唱

其实我是你们的局外人
独自走过硌脚诛心的路程
若春花老去，花坞独守苍凉
我仍以最温存的眼光，打量启明星的前方
无所谓生死，无所谓悲欢

帝王墓

许多人走下去
窥探皇家的私生活
仿佛邻居间的串门
楼上楼下来往络绎

只有泥土和陶罐，以其本色
淡定在每一个角落
看永劫轮回的生灵
紧绷着旋转的红舞鞋

被活埋于侧室的殉人
可曾预料到
那时活着的人不能走上来
如今死了的人找不到地方躺下去

真实的黑暗

写在水湄的脚印，或扭曲或笔直
被海浪一次次抹去，夜色一点点吞没
我还是热衷于一步一个脚印

这些小小洼地里的水，全部发着光
这是深藏的火信
在幽深的黑暗中爆燃

就像光明大道两侧的雪梅
突然伸出
被修剪了N次的手脚

意外

又胖又憨的熊猫阿宝终于打败了凶狠贪婪的残豹
他的师父就寿终正寝了
这符合鞠躬尽瘁的美德和催人泪下的逻辑
当阿宝摇着功夫大师说：你不能死
我在心里说：完了。电影结束
意外的是，功夫大师居然调皮地眨起了眼：
我只是安心了
更意外的是，这师徒并排躺了一会又并排坐在台阶上
朋友般分食着包子
而我竟然无限喜欢——这个平淡无华的结局

在贾梅士的雕像前[1]

犹如鲑鱼溯水，逆流益勇
被放逐的生命，无惧风浪的浩劫

在你蛰伏的洞穴
鸽灵纷纷振翅，越过遮天的假菩提

勇于孤独的先行者
犹如刺穿黑暗的光芒，使途经之地生辉

“大海举起白色的灯盏”[2]
照见四百年后的来者

他们来自大国，也来自边地
深知命运的转盘并不受控于自我

传染病般的恐惧，夺去的不止是眼睛

许多人大师般地睁一只眼闭一只眼，押上生存的价值

而灵魂的自我放逐者，如何以孤身突进的勇气
把一张没有箭的弓，拉得越来越满

注：

[1]贾梅士：又译卡蒙斯，1524年生于里斯本，葡萄牙著名诗人。因得罪权贵而被逐，辗转各国，后在回国途中，所乘船只途经缅甸海岸时遇上大风而侧翻，他口衔《葡国魂》诗稿逃过大难。

[2]葡语诗人安东尼奥·拉莫斯·罗萨的诗句。

真理国

所有的沦落均微不足道
一切的剥夺都不着痕迹

当TA不再渴望被惦记
当TA不再在意知情权
当TA不再要求什么
当TA不再因受委屈而争辩
当TA将所谓的毛病全部用诗歌剔除
诗歌被鉴定为最新的毛病
为了成全真理国的威严
TA沦为毛病不断的人民

诗

没想说起你
我说天、说地、说云、说海、说珍珠
一切均与你无关

当我反复用话语先行的刀锋
进入此时的事物
那颗夜明珠隐藏在无数空蚌中
当喋喋不休的颂歌长成一朵布满皱纹的玫瑰
嘴巴的漏洞深不见底

三五成群的人裹挟着
辗转于称为盛世的磨盘
万事万物压缩、变形、成粉

前朝与本朝正在侧身
微笑相视

乃至预见到新朝代的一衣带水
灵鼠进入大象的耳朵
微弱的声音扩张为雷鸣

在梅花鹿的眼光，圣婴的原初抚摸里
长大成人的灵魂与孩童的心性洞见
一切中唯一的你，所有里独立的我

在不存在的，或者早经约定的旷野
野玫瑰砰然怒放
无数的你开口说话，所有的我吐叶开花

地铁

我安静地坐着，一个小小的站台
火车正穿过身体
循着延伸的铁轨

一只红狐
比疾速的火车还快
仿佛我未曾释放的狂野

这股紧绷的力量，就像围巾的两头
一搭上肩膀
便奔向相反的极端

第六辑

访谈

访谈1：历史进程中的汉语诗歌（樊樊/林馥娜）

访谈2：文本才是诗人真正的名片（高世现/林馥娜）

访谈3：用柔软的心去感知世界（阿翔/林馥娜）

历史进程中的汉语诗歌

（樊樊/林馥娜）

樊樊：说到汉语诗歌，首先会想到它的源头，最早的劳动号子，或《诗经》中的“风雅颂”。如果把“音韵、节奏、意象、语言”这些诗歌的基本组成作为一个标准，您认为汉语诗歌的源头是《诗经》吗，诗经之前的诗歌，是否具备了这些诗与歌的综合元素？

林馥娜：《诗经》是最早编纂结集的源头，它的开蒙作用无疑是巨大的，绝大部分中国人都会知道几句“关关雎鸠，在河之洲，窈窕淑女，君子好逑……”。《诗经》之前的劳动号子可以说是民间诗歌的起源，祭祀的颂词则是庙堂诗歌的起源。汇编成册的《诗经》更便于教育传播，但有一些口口相传的民间传说、婚丧喜庆中的民间颂词，也在潜移默化中成为传承的源流。潮汕地区民间传统风俗中，闹洞房“做四句”就是一种诗歌雏形，例如：

“茶水滴茶盘/双凤朝牡丹/明年出贵子/富贵盖潮汕”，就是以诵诗形式，吟一些比较通俗的吉祥、祝福语。

你所说的几个元素在最初的诗中不一定完全包罗，在这些元素中，意象应是较滞后于其他元素的，它需要经过将事物特性沉淀而形成典故、提升为意象。

樊樊：在历史的进程中，汉语诗歌在“诗”与“歌”之间不断演变，产生了辞、赋、诗、词、曲等一系列形式，你觉得这些诗与歌的形式中，成就最高的是那种形式？对现代汉语影响最大呢？

林馥娜：要看成就是以那方面的标准来衡量，如果从民间传播的深广度来说，就是唐诗。就像李白和杜甫在不同人的心目中价值是不一样的，如果从大众审美的角度来说，李白更受欢迎，但如果从知识分子角度来说，杜甫无疑更有担当精神，更具知识分子气质。

各种文体的更迭是符合自然规律的，盛极而衰，推陈出新，但其中的精髓部分还是会传承下来的，有些影响是隐性的，有些是显性的，很难说谁影响最大。

樊樊：从花间词的产生来看，你觉得诗歌的形式变化受历史进程中哪些因素的影响？在你看来，变化是汉语诗歌发展的必然吗？

林馥娜：应该说与社会氛围和体制有关，历史上文化的兴盛时期总是在经济发达的盛世阶段得到最大的拓展，但变化的最主要因素是创新和求变意识的推动，比如口语诗在21世纪的兴盛对于城市诗歌来说也许是一个比较容易进入的方式。因为对于新事物的认识，往往要通过命名来确认，而口语是正在使用的日常语言，是最贴近每个时代脉搏的，对最新的事物有着最初的敏感，简洁而生动，也更容易走近大众，缩小技术上的边缘化。

变化是必然的，就如我在前面说的，各种文体的更迭是符合自然规律的，盛极而衰，唐诗的艺术形式被穷尽后，自然就会产生宋词这种脱胎于唐诗的新的形式。

樊樊：诗歌的发展与历史的发展一样，绝不是均衡的，有的时代与诗歌的关联要深一些，有的浅一些，你觉得哪几个朝代与诗歌的关联最明显？

林馥娜：文学创作使时代与记忆发生关联，产生文学记忆，这些记忆也是历史的一部分。一些优秀的诗人将时间生活、空间生活中得到的个人经验与公共场景，集体记忆糅合在一起，形成了多维的呈现，从而完成了从时段性的场景过渡到历史场景的文学记忆。

我们常说到诗歌的担当精神，所谓“担当”，就是对所处的社会保持警醒的独立状态，从朦胧诗时期的英雄主义精神所呈现出来的对当时集体主义的反省，到第三代的日常主义所呈现出来的以个性与庸常反对虚假高尚，我们可以看到诗歌在起着价值引导的作用。而在21世纪，在我们的公民意识现代性相对滞后的情况下，这就是诗学所应努力的方向了。但“担当”往往是小部分有责任感的诗人所持守的精神，要说关联是否明显应是从诗与社会大众的互动程度来说，那么，当数本朝的汶川大地震时期，那时涌现的海量地震诗歌可以说是关联最明显的了。

樊樊：看古装片时，是否留意过汉代女子的发髻与衣饰。我一直觉得汉代女子的装束中有太多诗意的东东。

林馥娜：哈，看来我们有共同喜欢的东西。我喜欢汉服，甚至还在网上搜索过一些汉服的样式，想网购一套汉服来穿。我想它吸引我的地方应是在于“优雅”，这也是它显露出诗意的原因。而在发式上，它的特点是“端庄”，我一直以来的两鬓扎起、长发垂腰的发型就有一点仿效的成分，有时我也想改变一下发型，但是每次改完后总是觉得不适应，最后还是回到了这个原初的样式。也许我已把这个象征性的造型内化为自己的形象了，嘿，好像有点臭美。

樊樊：熟悉《世说新语》这本书吗？

林馥娜：读过一些，体验到一种率性的快意。诗人大卫写的《魏晋风流》亦庄亦谐，值得一读。

樊樊：他们的行为方式的确太另类，拿今天的话来说，一切行动都受“美”的统治，听命于“美”。这种独行独立。在今天看来都不可思议，魏晋是一个我特向往的时代，虽然那个时代，政治上处在黑暗与高压中，文人的精神却是极诗歌的极自由的。

林馥娜：向往的正是我们缺乏的，在这个营营汲汲的时代，想找个竹林栖居起来装疯卖傻都不可能，谁也潇洒不起来，连知识分子都直不起腰，有何洒脱可言！

樊樊：唐代也一样。一个诗意氛围浓厚的大唐，才可能纵容武则天先是媚娘、然后是“明空”、再是“昭仪”，才可能认同杨玉环先是寿王妃、再成“太真”，最后成为杨贵妃，从而把两个通过命名刷新，不断变幻身份，从而成功地躲开了伦理的碰撞。大唐肉香流溢的长篇史诗之中才有了这两个美艳绝伦、尊贵显赫至极的女人。

单从这两个女人金蝉脱壳般的身世转换的这个角度来看，与其说甜腻而肥美的唐代是强盛的开放的包容的史书的大唐，不如说它是极感性极浪漫精神极其自由的诗歌的大唐。不过我这么说，杜甫一定不同意。

林馥娜：说起唐的女性，我更愿意说上官婉儿。她是唐的诗性空间的受益者，也是推动者。唐的诗性空间的壮大，上官婉儿功不可没，她不但诗才与政才兼美，更难得的是她有心存天下的襟怀，她那因欣赏仇敌而放下家仇追求事业的勇气，更是为常人所不能为。她建议朝廷扩大书馆，广纳文士，常在宫中设雅集吟诗作对，并代朝廷品评天下诗文，使文风日盛，为唐诗的繁荣打下了良好的地基。

上官婉儿和李白是在朝，杜甫是在野，故前者之诗多浪漫绮丽，后者多体现民间泽苦。

樊樊：有人说李白用“铁棒磨成针”的技艺修炼，让诗句达到了一个高度。天，要是苦修技艺能修出：“天生我才必有用，千金散尽复还来”这样个性张扬，牛气冲天的诗句来？中国该有多少李白了。你认为天赋之外，到底是什么因素成就着李白的诗歌？

林馥娜：天赋与性情成就了他，天赋让他能感受诗意，狂放的性情使他无拘无束，另外，环境的宽松也是一种因素，还有他“天生我才必有用”的自我期许。

我坚信纵是天才也需要技艺的修炼，灵感通过精准的语言而得以表达。技艺的修炼就像我们学习打字的方法，有人用五笔，有人用拼音，但是有一些字是五笔或拼音中所没有的，得通过另一种输入法打出来，这时就可看到技艺的好处了，掌握多种输入法则可以让你快速准确地打出你想要的字，表达你的诗意。

樊樊：勘视历史进程的细部，比如楚，汉，魏晋，唐，南唐，宋，你是否觉得诗歌的每一次推动，所对应的都是非“常态”（或好或坏）的历史现实。是不是可以说，特定的历史成就着特定的诗歌？

林馥娜：现实和诗歌互相影响，各个历史阶段的价值观或多或少都会体现在诗歌中，而诗歌也往往起着价值引导的作用。虽然并不能立竿见影，但正如“正心、修身、齐家、治国、平天下”的思想信条般，首先以身作则，才能以行动影响周围的人，进而辐射到社会，形成良性循环。反之，文革也“成就”了某些诗歌。

樊樊：可是接下来的历史进程中，诗歌在形式上也有宋词这样的高峰，在诗意的本质上也有明代王阳明“你来看此花时，则此花颜色一时明白起来”的诗意的惊艳，但是却是距诗性的关怀越来越远，越来越没趣。以至于到了明清，从形式到本质都走向了式微。从而在明清，诗歌形成了一个大的断裂带。你认为这是为什么呀？

林馥娜：断裂是必然的也是偶然的，人为的推陈出新这种必然性与社会技术手段（比如造纸术、网络）、民族融合等多种因素共同作用使原有的存在形态在某个临界点偶然转型。

樊樊：古典汉语诗歌在汉语诗歌中处在一个什么样的位置？从诗歌存在的意义而言，古典汉语诗歌的存在有什么缺失？

林馥娜：古诗的位置很奇妙，在普罗大众中，古诗占据着相当分量的地位，很多人认同的依然是古诗。但是现在的古诗写作却少有突破之作，因为环境与语境已无法对接，古诗产生于农业文明，它们所形成的典故与意象更多的是现在已不复存在的东西，所以，意象的模仿与站在现代社会写古意的桃源生活注定了诗歌的干瘪。

古诗已完成了它的历史使命，它在它的农耕时代已达到了辉煌的顶峰，现在的不合时宜并不能说是缺失，而是现代的新事物产生得太快，意象的沉淀没有足够的时间来明晰。对于新事物的认识，往往要通过命名来确认，而现代汉语是正在使用的日常语言，是最贴近时代脉搏的，对最新的事物有着最初的敏感，也更容易走近大众，缩小技术上的边缘化。在信息爆炸的现代社会，古诗已不足以表达纷繁的现代意象，我现在写古诗，更多是用于唱酬和庆典，但它的凝练和留白，音韵和节奏等诸多特点还是值得借鉴的，现在的问题是我们如何把古诗和现代诗的长处糅合在一起，创作既优美又能直达人心的诗歌。

樊樊：从古体格律诗到白话自由体，胡适的出现是一种必然吗？他曾评价自我说："但开风气不为师"，你认为胡适在汉语诗歌语言的分水岭上，充当一个怎样的角色？

林馥娜：胡适的出现是必然的，他不出来也会有另一个人出来，历史之所以选中了他，是因为他有开风气之先的敏感。胡适率先开辟了了白话诗的先河。

樊樊：为什么存在的物质或精神层面的构造，总会影响到诗歌语言形态的构成？

林馥娜：艺术不可能孤立地存在。诗是追索存在本质、体验心灵澄明的语言艺术，而存在本质也正是人与自我、人与人、人与自然、人与社会的关系，随着社会变革而更新的语言是这个存在体系中的一元，他们是互为影响与存在的。

樊樊：为什么比之小说、散文，历史进程中每一次或大或小的震荡，总会最直接地映射在诗歌的语言形态变化或文本构造上？

林馥娜：诗歌是最可言志抒怀的艺术形式，它精练与易于朗诵、传播的特点是进入互动的最佳途径；而诗人是最敏感的人群，具有敏锐的感知能力，所以能对各种社会刺激快速做出反应的往往是诗歌。

樊樊：白话自由诗对现代汉诗语言的贡献就像是把三寸金莲恢复成了自在的天足，且破除了许多走小碎步似的写作规范。在你看来，白话自由体天然自在的步履，是如何踩出诗特有的韵脚和节奏的？

林馥娜：古典诗因为格律的限制而有小碎步的优美，现代诗没有了外在音韵的束缚，可以更加自由跌宕，但容易似“平原纵马，易放难收”，还是得注意语言的精练和诗歌内部旋律的紧凑和承接，不然就形散神也散了。

樊樊：诗就是语言自身的舞蹈：或者是诗歌形式结构的舞蹈。只有在舞蹈中才会产生诗的韵律和节奏。这种观点你同意吗？

林馥娜：不完全同意。人踮起脚尖便形成了步子的弹性，语言生动起来就形成诗歌的张力，但诗并不“就是语言自身的舞蹈”。

樊樊：对词语的陌生化足以产生让语言舞蹈起来的内在张力，一个句子对一首诗的结构的施暴,也可以使所有的句子舞蹈起来。

“我看着月晚的紫月亮，一枚咳嗽的薄荷糖”，说这一句是诗，是因为在词对词、前半句对后半句的施暴中，语言单位之间的诗性映照产生了内部张力。语言因此舞蹈了起来，韵律和节奏在诗性的接点上延续。

谈论诗特有的韵脚与节奏，就如同谈论邰丽华的舞蹈，邰丽华连音乐也听不见。你觉得她的舞蹈能传递出音乐的韵律和节奏吗?

林馥娜：邰丽华已经用舞蹈告诉了我们，她能传递出音乐的韵律和节奏。正如她排练时会把身体贴在音箱上感受音乐节奏般，她把音响节奏和她所理解的舞蹈主题内化为内心的旋律，根据内部旋律施展肢体，从而由形体传达出神韵与节奏。

而在诗歌上，内部旋律也即是诗人的审美理性，审美理性把感知到的诗意主题通过生动的语言表达而成诗。

樊樊：有人说诗到语言为止。也有人说诗的形式大于内涵。对于这两种观点你同意还是不同意？为什么？

林馥娜：说“诗到语言为止”应是意在引起对语言的重视，但这样说容易造成对初学者的误导；质疑“形式大于内涵”，一块劣石不论雕工多么精美，它还是劣石，不可能成为玉。

樊樊：如何评价口语诗？

林馥娜：口语诗对新事物的抒写更自如，也能更快速接近大众读者，但容易流于松散，消解语言的力量，必须有一个内在境界才能支撑起诗意。

樊樊：一种观点认为，表达手法上的意象、变形等只是诗歌表达的初级阶段，通过反讽，悖论等语言形式，对诗歌结构的陌生化，才是诗歌表达的高级阶段，你怎么看？

林馥娜：只是表现形式的不同，并不存在高级低级之份，又不是电脑程序，可从新技术产生上来分级，况且这些方式前人都早用过了，也不是新的技艺。只要有创造力，各种表现形式都能产生陌生化的效果。

樊樊：口语诗是如何承载传统的艺术内核的？

林馥娜：口语在古诗中早就存在，也有其传统。传统艺术的内核是个人通过各自的学养积累而达到不同程度的传承的，我想口语诗与口水诗的区别就在于是否有传统艺术的功底。

樊樊：在诗人普遍竖着大拇指的时代，你怎么看待诗人食指的存在，他对诗歌史有何贡献？

林馥娜：在任何时代，都要抱有“相信未来”的坚定和“发生了什么事情”的质疑，不然看到太多黑暗的那种绝望会把人淹没，众口一词的粉饰会把人愚弄。

我在《旷野淘馥-诗论集》中说到——食指离开北京到白洋淀插队时写下了：“这是四点零八分的北京，/一片手的海洋翻动；/这是四点零八分的北京，/一声雄伟的汽笛长鸣。”（《这是四点零八分的北京》）这里攒动的“手的海洋”，表象上热火朝天的这些公共场景，和“不知发生了什么事情”的混沌的个人感觉互相契合，反映了那个时代特有的场景和症状，从而衍生了它的历史性——他把个人与一个时代的记忆，融汇成历史的记忆，他自己也因而成为诗歌史的构成部分。

樊樊：你觉得以道德、良知等为价值体系的观念性写作是一种诚实的写作吗?

林馥娜：要看这些观念是写作者心中真正认同的价值，还是人云亦云，如果是，那就是诚实的。

樊樊:怎样看待先锋？在你看来，诗歌的先锋性有何标志?

林馥娜：超脱于潮流之外，坚持自己的美学理想和价值追求，同时能够敏锐地感觉到当下的价值缺失并进行文本探索。

樊樊：如果把“他者”说成是诗写中一切与你相关联之

物。那么你居于圆心中的你，是怎样处理自我与“他者”的关系的？

林馥娜：平等存在，融入其中去感知，又逸出而审美。

樊樊：你认为在网络化的诗写背景下，世界公民这个概念存在吗？在诗写中是如何显示的呢？

林馥娜：有精神层面上的存在。世界公民就是具有世界眼光，站在全人类的层面上看待问题，而不是某一人种、某一国或某一阶层的立场。但能在精神和行动上真正践行过这一概念的，我所知道的只有法国思想家西蒙娜·薇依，我写过一首题为《薇依》的诗，薇依将“人”定义为“世界公民”。她曾赴西班牙参加反对法西斯战争，二战时也积极参加法国抵抗运动。她一直站在执政者的对立面，明确反对政府的压制政策，并身体力行，对自己优于最低层民众的待遇全部舍弃。西蒙娜·薇依用短暂的一生和伟大的心灵践行了她“坚韧、艰涩和独立的思想”。

在诗写上，一个诗人精神层面上的认识和广阔视野会潜移于审美理性之中，并贯穿于字里行间。

樊樊：访谈结束了，你觉得问话中是否漏下了你认为极其重要的问题?

林馥娜：我有点懒散，谢谢樊樊通过提问推动我思索！

访谈时间：2011年10月

文本才是诗人真正的名片

（高世现/林馥娜）

记者：记得2007年佛山首届“诗歌与人·诗歌节”上我们曾有一面之缘。当时会上人多，还来不及交流，浮光掠影，很多人甚至留不下印象。而今天这一场访谈，则大可用文字弥补，我记得当时会上每个诗人都得到了黄礼孩主编的《异乡人》《出生地》这两本书，当时，谢有顺在会上还说，每一个诗人身上，都兼具“出生地”和“异乡人”这两个心灵标记。据我知道，你是潮汕人，现居羊城也是广州人，你又怎么看这两个“心灵标记”？ 你是什么时候开始诗歌创作的？最初的创作动力是什么？后来能够坚持创作的主要原因是什么？

林馥娜：那是一次诗人和评论家的盛会，多个活动环节的节奏安排得很紧凑，当时我忙于观察、记录，后来写了一个评论综述《诗歌与人的玫瑰之约》。

两个“心灵标记”是互相关联与递进的关系。寻根意识与源头追溯几乎是所有写作者都会涉及的命题，只是不同的个体有不同的追寻程度。虽然在城市化过程中大部分的诗人已经历了不同程度的迁徙，有的已极少回去原来的出生之地，但那里还承载着诗人幼时或少年时的记忆或父母所赋予的记忆，这个记忆就是诗人的精神故乡。在写作上，本土的故乡已与精神上的故乡合而为一，故乡给我们的影响是潜在的，是家庭教育和地方传统给予我们的潜在影响。潮汕人重视传统文化，写古诗和喜书画的人多，有时我会在一些用词或遣意中受阻，觉得有悖于原有的道德与美感，这就是我与出生地保持隐性联系的方式。从另一方面讲，诗人在地理上的漂泊或心灵上的行走中，自然也有抗拒与吸纳异地文化的过程，他们用疏离隔开浮躁，以旁观或自律冷静心境，并在诗歌的基座上，为自己构筑起一个身心安妥的故乡。我通过诗歌返回故乡，又走出故乡，同时又融入所处的他乡，这正是与广州的包容性相契合之处，融入使视野也随之广阔。从诗歌的修为中超越本土与异乡的范畴而再次出生，此时他乡已是故乡。当我们超越了故乡与异乡的纠结，明白人只不过是世上的过客，我们便能成为行走在大地上的灵魂自治者。

如果从现代诗来说，我真正的创作是从2003年开始的，在此之前写过古体诗和散文、随笔，也在网上临屏过小说，基本是一种玩票的状态。最初是因为喜欢古诗词的美感，自己在日记里写；接着是为了抒怀遣意，释放心中块垒；后来在网上开论坛玩古诗接龙，直到有一天觉得要认真点写，就不玩了。生活让我有了更多的感触，我需要让心灵去流浪，因此，我真正爱上了写作，我在一篇评论中说过，艺术让人性更加丰满、使心灵更加易感。艺术让人能从多元的、繁复的人性多面体中修炼出一颗抱石怀沙而成珠的温润之心。从小处讲，创作能让我内心安宁，精神充实；从大处讲，每个人的力量都是构成时代动力的元素，好的作品能给人以宽慰，予人以警醒，我希望能奉献我的微薄之力。所以，创作逐渐成为我生命的一部分。

记者：你给自己找到一个很有诗意的名字：林馥娜。而之前用过林雨，是吧，说说笔名对你的含义？

林馥娜：馥娜是我的本名，是我哥起的，本来是叫林旭娜，旭字取自我哥名字，娜字取自两个姐姐，后来我上初中时觉得“旭”不如“馥”优美（潮汕话中旭和馥同音），就自己把它改过来了。还真有点像你所说“给自己找到”的。林雨是我在网上玩论坛时起的笔名，开始写古体诗时叫林雨冷香，有雨中香梅的古典意境。2003年开始真正写现代诗时就用了林雨，取其简洁。2008年才改用本名，原因之一是叫雨的太多；之二是因为方便取稿费，我是一个喜欢简单的人，不想每次取稿费都去开单位证明和多费唇舌；之三也算是对自己的一种心理暗示吧。我曾对一个反对我弃用笔名的朋友说过，我会用这个别人很陌生的名字重新写出来的，其实也是在告诫自己：文本才是真正的名片。

记者：你的诗作写了不少广州，譬如《中山大道》《花地湾》《水阴路》《东山》《西关》，所以“城市诗”在你的诗歌中也占有相当大的比重，而这些诗你也注重了历史的贯穿，是的，我们要知道自己在什么位置，包括时间的，空间的，说说广州给你的印象吧。在你的诗歌写作中，城市又占有怎样的位置？一方水土一方人，你又认为地域文化对一个诗人的创作有多大影响?

林馥娜：历史的贯穿能起到互相警醒，互证真相的作用。说到底，在时间的长河上，人都是世上的过客，到那个地方（空间）都一样。但我们可以在自己的生命存续期间，深入当前的事物，并有历史感（溯前启后）地看待事物，才能滤去表面浮泛的泡沫，看清我们的处境，触碰到真相和本质。

从日常生活上来说，我是个随和的人，到了那个地方我就会适应那个地方，并和大家相处融洽。对广州我并没有隔阂感，可能是因为我抱着善待他人、面对现实的心态，所以没有过高的期望就不会有太多的失望。而广州本身也是一个包容度极高的城市，各种人都可以找到自己的去处。广州在人文上是宽宏舒适的，我喜欢她。

城市在写作中的位置既重要又不重要，简单地说，城市是器皿，用于装载诗思的甘露。

地域文化的影响是隐性的，它贯穿于日常生活中并渗透到行为、思想里的，无法去量化它，但它会在人的性格形成中产生不同程度的作用。

记者：在一个被人们称为诗性缺乏的时代，真要如海德格尔所说的“诗意地栖居”，这究竟是不识时务，还有什么让理想的光辉闪耀？

林馥娜：诗意潜存于事物中，只在于我们有没有足够的敏感和智慧去触发并生成。“诗意地栖居”通常是指栖居于别处，但我认为可以栖于此处，在存在（身边事物及视野所及之处）里发掘诗意，在诗意中体会更理想的存在，并把这种理想存在落实于行为和内心，如此往复递进。这个时代就是太多人过于识时务，才会有诗性缺乏之说。诗人或多或少都有理想主义的情结，而正是因为葆有理想，而不是忙于识时务，诗意才会充盈于其胸。

记者：广东不少大型的诗歌网站，例如，“诗生活”，“一刀中文网”，“赶路”，也有不少著名的民刊，例如《中国新诗年鉴》《诗歌与人》，还有大规模的诗歌节，例如“珠江国际诗歌节”等等，你怎么看广东这一诗歌现象？

林馥娜：广东的民间诗歌园地可谓遍地开花，

这些我在诗歌理论专集《旷野淘馥·诗论卷》的第七章中均有介绍。它们都办出了各自的特色，“诗生活”以诗坛新闻和集结庞大的诗歌、评论专栏见长；“一刀中文网”是各种文学体裁兼有的综合网站，访问量大；“赶路”有即时交流和先锋性特质。《中国新诗年鉴》《诗歌与人》《中西诗歌》不但在大陆与港澳台各地起到了交流的作用，在国外也形成了一定的影响。“珠江国际诗歌节”以诗歌入社区的形式做出了向大众普及诗歌的努力，还有一个“珠江（广州）国际诗会”则是以学术性论坛的高端形式举办。它们和众多的民刊一起都在不同层面呈现了诗歌的异彩，不同程度地为广东以及中国诗歌的薪火相传做出了贡献。

记者：目前，广东在中国可谓是个诗歌大省。特别是《中国新诗年鉴》坚守13年，《诗歌与人》几乎以一个之力推进诗学命名的进程，还有《白诗歌》《赶路诗刊》《九月诗刊》《开诗刊》《女子诗报》《诗歌现场》《诗歌与人》《行吟诗人》《微光诗刊》《大象诗志》《开诗刊》《诗深圳》等民刊的互相辉映照耀，你怎么看广东这一民刊现象?

林馥娜：当前中国诗歌民刊最为发达的地方，正是商业气氛极其浓郁的广东，这正反映了诗人所具有的清醒意识与独立精神。他们通过办刊的形式对商业社会的高度物化进行对抗，同时达到了对精神生命的有效维护。

80年代初，温远辉、刘子乐、林继昌创办了民刊《啤酒花》；还有韶关的《五月诗笺》和由广州众多诗人集体创办的《面影》等为广东民刊的繁荣兴盛揭开了序幕。我在诗论卷中就梳理了广东民刊、网站的情况，我所知道的就有近50个刊，其中有一部分便是刊物和网站同步的形式。《中国新诗年鉴》在1999年在广州出版了1998年的选本，它的出现填补了中国没有年度诗歌选本的空白，具有里程碑意义。《诗歌与人》则以个人之力和每期各异的选题彰显了它的独特性与艺术视野，并创办了一个世界性的奖项“诗歌与人·诗人奖”。

众多民刊的共同发力形成了广东诗歌话语的重要力量，它们立足于广东，却从更广阔的角度和辐射面推动着诗歌的发展，成为广东贡献给中国诗歌乃至世界诗歌的珍贵财富。

还有1986年10月，诗人、理论家徐敬亚等人在深圳发起了《深圳青年报》和《诗歌报》联合举办的“中国诗坛：1986年现代诗群体大展”，介绍了100多名诗人分别组成的60余家“诗派”，作为引领全国新诗潮流的肇始，至今仍让人记忆犹新。

记者：这也许是一个精神范畴比较高深的提问。我发觉很多诗人，他们一生的创作实践背后，多少会有一个类似“物图腾”影响着他的创作生涯：例，李白的“酒”与“月”，海子的“太阳”，里尔克的“玫瑰”，叶芝的“塔”，你觉得你目前出现了“物图腾”了吗？是什么？或说说哪个“物”是你经常去写的？

林馥娜：这是诗人的心灵密码，与其精神境界相匹配。时空与荼蘼就是我常常会自觉不自觉地涉及的“图腾”，时空经常会显性地成为我诗中借以追问和映照诗思的介质，时空虽不是物，但它在我这里具有“参照物”的物性，这也是你在我的诗中体会到“注重历史的贯穿”的原因。而荼蘼是一种审美理性的象征物，它的不与百花争艳、开到最后和带刺的美，有一种我所赋予于它的独立、坚韧与自由。我时常会写着写着就想用到它，但我为了避免重复，往往又把它改成别的代指物，所以它是隐性的物图腾。

记者：消费时代，诗歌的读者数量缩水。我偶尔也会疑惑，我们为什么需要诗歌。你问过自己这样的问题吗？你是怎么跟诗歌结缘的呢？当下诗歌的境遇来看，是诗歌远离了读者还是读者远离了诗歌？当代诗歌存在问题吗？

林馥娜：为什么需要诗歌？如果问自己的话，我会说那是心灵的需要；如果从大众角度来看的话，也许可以说是情感宣泄的需要，从汶川地震所产生的“全民皆诗”现象可见一斑。

与诗歌的结缘源于喜欢，小学时我就开始在黑板报上“发表”所谓的诗，其实就是一些懵懂的顺口溜，呵呵。我也不知从什么时候开始就一直很喜欢看文字，也许是性格偏内向，又有向往远方的流浪冲动，这种矛盾让我选择了安静地待着，随文字漂泊，家里所有能读的我都拿来读，包括哥姐的语文书、小人书、作文本，初中时则开始到图书馆借书看，囫囵吞枣地读，借书的速度也让图书馆员惊叹。

当下现代诗的境遇远不如古诗词，大部分民众认可的依然是古诗。这不是读者或作者单方的问题，原因是多方面的，一是教材普及的滞后；二是传统审美习惯未能转变；三是真正经得起时间打量的现代诗比重尚小，这一点上也有现代诗发展时间还不够长的部分原因。还有其他娱乐方式的侵占和人们静不下心来读书的各种社会原因。

当代诗歌是否存在问题好像不是我所能回答的，但诗歌的问题，就是人的问题，当代还是有一部分诗人是认真为人作诗的，但相对于浩浩荡荡的写诗群体来说比例极少。人浮躁了诗界就只见喧闹，具有景深的诗歌需要学养的积累和境界的支撑，诗歌没法喂食速长素，是无法速成的。

记者：在这么多年文学创作的过程中，你遇到的主要困扰有哪些？最终是如何解决的？

林馥娜：主要困扰是思维跑得比词语快，有时很难找到精确的词句表达心中的场景。

我想写作的人都或多或少会有遇到创作瓶颈的吧，有时是一个阶段性的节点。比如当写作水平还是初级阶段时，想要表达中级阶段的思想，却因为学养跟不上而无法突破这个瓶颈，那么就只能把它放下，去学习或者换一种文体，这是一种积极休息，然后再回头来破了这个关节，就会有一个更进一步的新阶段等着我们去超越。

记者：诗坛上常有人说“好诗在民间”，我认为网络就是一个最好的“民间”，你平时是在网络上写诗，还是纸上写诗？你还写古诗词，对联，散文和小说、评论也有涉及，这么多文体你是如何转换大脑思想的频道的？

林馥娜：有在网上临屏的、有写纸上，也有用手机写的，视方便而定。网络是一个民间，但不代表好诗在网络，网络中有好诗也有海量的平庸之作。

古诗词现在写的少，主要是用于唱酬和节庆祝福，对联用于赠人，也有帮一些公司写融入其理念和公司名称的藏头对。散文我多数用于记录行走中的见闻和感触，比较随性。目前写得比较多的是现代诗和文艺评论，诗歌能让我体验到心灵澄明的快意，同时也有建构信念的作用；而写评论时准确地抓到所评文本的审美理性和那些随着思维的活跃而跳出来的思想光芒让我着迷；小说则可以体验虚构的乐趣和理念与人物命运相碰撞的微妙走向，我写过中篇、短篇和小小说，但小说需要有整块的时间来写，才能把那股内在的气息贯彻下去，我没有充足的时间，所以小说写的比较少。这些不同的文体虽然表现手法不一样，但都是相通的，感性的文体需要理性的审美内核，理性的文体也需要动人的文采，只是侧重点和表达上的不同，它们是相互促进的。头脑中有文体意识，胸中有自己的审美坐标，便可自如穿梭于各个频道。有时这种穿梭也成为我上面所说的“积极休息”。

记者：你在诗学上有何主张呢？

林馥娜：我的诗学主张在诗论卷的第一章上有一个比较明确的架构，后面的章节也有一些肌体性的补充。这里简单说一下。

我对诗的定义是：诗是追索存在本质，体验心灵澄明的艺术语言。而存在本质就是人与自我、人与人、人与自然、人与社会的最纯粹最真诚的关系，也就是文学所反映的人性与人道。这里的自我就是意识上的我，按照弗洛伊德的说法，本我是生理上的，自我是理性的。从诗的角度来说，“我”可以分为三个层面：本我（自然状态）、自我（有意识状态）、超我（有抱负、神性、诗性的状态）。我们追寻诗歌精神的过程就是一个从自我向超我无限接近的过程。这是在精神内核上自我修为的递进。

在价值建构上，坚持超脱于潮流之外，坚持自己的美学理想和价值追求，同时能够敏锐地感觉到当下的价值缺失并进行文本探索。诗歌所担当的就是对所处的社会保持警醒的独立状态，从朦胧诗时期的英雄主义精神所呈现出来的对当时集体主义的反省，到第三代的日常主义所呈现出来的以个性与庸常反对虚假高尚，我们可以看到诗歌在起着价值引导的作用。而在21世纪，在我们的公民意识现代性相对滞后的情况下，这就是诗学所应努力的方向了。

在写作手法上，我主张依题材的不同而适用不同的表现方式，语言上使用能达到多重效果（即语带双关、多关）的语言，题材明晰，主题有开放性的多维能指。并将感触与审美理性糅合，成为贯穿于文本内部的气息，最终综合而成具有景深的文本。

记者：迄今为止，有哪些诗是你自己较为满意的？你能否对自己的诗歌作一个整体上的自我评价？

林馥娜：《批评与诗写》组诗、《投入水里的石头》组诗、《花城》组诗、《清明》、《黑暗时代——对一场电影的复述》，《莫兰迪的瓶子》这些是相对喜欢的，但不能说满意，我还在不断探索中。评价还是由有缘人去评吧，免得有“当局者迷”之虞。

记者：能否介绍一下你的文学生涯，你的主要著作？这几年，你的创作成绩非常突出。仅去年，你就出版了《旷野淘馥》，这个作品集包括诗歌卷和诗论卷两册，简介说说这两本书吧。

林馥娜：文学生涯在以前的访谈中已有涉及，就不再赘述了。我在业余作家里算是比较勤奋、认真的，也得到一些鼓励和奖励，这让我在感恩之余更增添了写作的动力。《旷野淘馥·诗歌卷》中收入的大部分作品是我有意将诗文本和诗理论互相渗透的实践产物。在每一辑前面我都用自己的一首古诗、词做一个相关的示引，既起一个线索的作用，又有不忘传统之意。同时也配上一些评论家朋友的简评，作为每辑的导读。附录则是我儿子丁林写的关于我与写作的小文，这小家伙写得真好，我为他而骄傲，也很感恩他对我的理解。下面引用青年评论家陈劲松的相关评价："这些诗歌，既饱含着她对日常生活的观察与体悟，又蕴藉着她对时代、现实、命运及世俗的关怀与思考。作为一个诗人，她的目光多么深沉，她的观察多么真实，她的书写多么真切，而她的情怀，又是多么辽阔。诗集取名《旷野淘馥》，我想，这正传达出林馥娜的诗歌追求：在一己之私以外，书写一个更宽广的精神世界。从无比辽阔的旷野中，发现诗意。"

《旷野淘馥·诗论卷》的前言有一个框架介绍，也有贴在网上了。这里就附上青年评论家马忠的一些评价吧：论著体现了新时期以来诗歌评论及研究所呈现的多元的批评态势和向度，比如"城市·诗·记忆"、"有性别的触觉，无性别的视野”、“当局未迷与放养灵魂”等章节的论述，无不带有心理学批评、原型批评、文本细读批评、美学批评等多种批评的味道。该论著是我所见到的对广东新时期诗歌生态进行整体梳理的第一部专著，其主要特色是：重视对新时期广东诗歌创作多角度、多方位和多流派的整体考察，着眼于对具体诗群和诗人创作风格的现象描述，对所论的每一个诗歌群体和诗人均能从得失双方加以评述，持论比较公允。

具体性是本书区别于一般诗歌理论著作的重要一点。一般的诗歌理论或评论，要么侧重于作品思想的研讨，要么专注于概括性的论析，尽管它们可能是十分精彩的和深刻的，但是，它难以完全满足广大学习写诗的读者的愿望。作者以其广阔视野与细腻笔触，对诗歌写作实践和诗学理念的建构，全国诗歌概况与广东诗歌生态，个体诗歌创作与社会大环境的相互影响等做了知性的阐述。把本来深奥的理论讲得通俗而又具体，使读者不是望而却步，而是在学得了某些知识的同时，又得到一些具体方法上的启示。本书论述的具体性还表现在，作者每一种观点的出场，总是以诗人和具体的诗歌文本为支撑的。

记者：问一条这个《新诗经》系列访谈录必问的问题。去年我对“微诗体”的提出与倡导构成了2011诗歌的一个事件。您觉得局限于140字微博对诗歌写作有现实意义吗？微博又对诗歌的受众有何意义？毫不忌讳提及我的《新诗经》，想您谈谈《新诗经》给您印象吗？

林馥娜：这个微博字数上的限制对诗歌写作并没有现实意义，它本身并不是针对诗歌这一体裁而生成的，况且诗人也不会因为它的字数限制而局限了自己的诗歌篇幅，你制作《新诗经》也是用图片生成的方式。微博对诗歌写作的意义在于它广大的受众面、传播能力和即时反馈效率，不可否认，这是诗歌走近大众的便捷途径，你选择了一个留存和传播文学记忆的好方式。我在诗论卷后记中说过：在通过诗论集梳理“历史行进中的广东诗歌现场”的过程中，我深深地为一代代的诗人与热爱诗歌的人们孜孜地坚持诗歌理想、持续地传递着精神火种而感动。你也是让人感动的火炬手，每天除了选诗还要排版，持续做这样的推介需要耗费很多的精力和时间。《新诗经》制作精良，让人在感受诗意的同时欣赏到版面的悦目之美。

记者：近日，杜甫突然在网络爆红，关于这位唐代大诗人的涂鸦图片在微博上疯转，俨然成了微博红人。“诗圣”杜甫的画像被如此恶搞，引起一片争议。有人把这种现象视为对名人的亵渎，也有人认为这是快餐文化下的一场狂欢。宣泄一己情绪的“恶搞”文化在这个时代风行，究竟是经典褪色的原因，抑或压根就是结果？你又怎么看“杜甫很忙”？为什么不是“李白很忙”，偏偏选上了杜甫？

林馥娜：我不支持这样的行为，但也觉得没必要反应过度而造成矫枉过正，虽然有的图片确实恶搞得太过分，已经没有了底线，但杜甫的作品摆在那里，这是恶搞颠覆不了的东西。“恶搞”的风行是因为各种社会因素的冲击使价值观混乱，人们丧失了敬畏之心。至于为什么会选上杜甫而不是李白，我想是因为杜甫一向在人们心目中是忧国忧民的形象，选择恶搞他会产生比较大的反差，达到最大程度的张力效果吧。

记者：最后说说您的诗歌理想是什么？

林馥娜：诗意的缺失让人心灵枯竭，而外部物质的富足并不能充实人的精神世界。为什么那么多出外打工的人都怀念故乡，实际上是怀念那种松弛闲适，邻里鸡犬相闻，相守相望的和谐精神。商业社会因为激烈的竞争和物质欲望的膨胀，已失去了那份人与人之间的温存，而诗歌是追索人与自我、人与人、人与物质、人与社会和人与自然最纯粹最真诚的关系的艺术，也正是在培养大爱精神、挽回失去的温存，以文化充实心灵，用诗意融洽人心。希望每个诗人都尽一己之力，让诗歌发挥正面的影响，走向大众，扩大诗歌精神的感知群体，在高度紧张的生活节奏中放缓心灵的脚步，缔造和谐的人文生态，使我们所处之地成为一个充满诗意的桃花源。

访谈时间：2012年4月

用柔软的心去感知世界

（阿翔/林馥娜）

阿翔：谈谈你的诗歌经历吧。什么时候开始写诗？由于怎样的触动？

林馥娜：我也不知从什么时候开始的，因为自小就喜欢，原来是喜欢古诗词，从小学时我就在黑板报上“发表”诗歌了，那时是学校有活动的话，我就会自然而然的去写一些相关的题材，后来看起来简直就是顺口溜，哈哈。真正对外公开发表的处女作却是散文。

一直都在日记里写诗，不懂去投稿，后来上了网就在诗歌论坛写诗，那时玩的成分多些，一般是和诗友玩古诗接龙，一个晚上可刷新几个版，　　呵呵。

阿翔：这么说，你最初一开始写诗就是古典诗词？什么时候接触新诗的？

林馥娜：原来主要是古诗词，因为她的音韵很美，自然而然就会受吸引，而且她是言简意丰的，充满张力。间中也会写一些现代的，不过那都是抒发感情之作，真正的新诗写作是在2003年开始的，因为感觉到古诗对于新事物的体认会有一些局限，如果只是重复古典意境也没意思，必须要有创新。另外也是因为读到了一些有痛感的诗歌，让我觉得诗歌必须要承担点什么，而不是一味的抒发感情。

阿翔：呵呵，文学的本质是回忆，而未来只有通过回忆才能变得清晰，对于诗歌来说，你是直接接触到现实本身，现实对你诗歌产生过多大的影响？

林馥娜：首先我是对生活比较投入的人，在生活中总会有所感触，有所感必有所思，加上我是个比较爱思考的人，因此总会在脑海里反刍一些场景并把它表达出来。诗歌如果没有和现实联系起来，恐怕就会流于虚浮，但是如果只是直录现实，也会流于肤浅，当一首诗在作者手中诞生，其实已经包含了她一直以来所积累的生活经验和心灵经验（这部分是从阅读和其他艺术形式中来的）。昨天是今天的历史，今天是明天的历史，未来可以说大部分都是在重复今天，所以回忆昨天和展望明天，有些固有的规则是可以在今天领悟到的，但是现实中会有一些时代的特点是别的时代所没有的，我必须去反映这部分的真实，因此我对现实有更多的关注，可以说对我的写作影响较大。

阿翔：可以说，对于你，写诗是你生命中的必然和“非如此不可”。有没有一个比喻，可以表明你和诗歌关系的性质？

林馥娜：是的，“非如此不可”，最起码现在是这样，我认为我会一直写下去，到我写不出来为止。诗歌是我的精神伴侣，我通过它认识生活、人类的本质和真相，又从中得到宽慰和拓宽心胸。它能为我滤去生活的杂质，沉积生活的快乐。当然我还希望能通过它，让更多的人有所收获。

阿翔：诗歌是如同闪电一样，短促而激烈地划过你的脑际。或者，它是仿佛与你捉迷藏一般地，慢慢地被你细心地找到。那么，你更相信灵感还是技艺？

林馥娜：应该说是有感触，有感而发，有感而思，有时一些火花会像闪电一样划过，这个时候写出来的诗往往是短促有力的，而且不容修改，这种就是有感而发。有一些是对事物有所悟，但还没能明确它的本质，这个时候就需要技艺来做一些补充，但这个补充不是钉补丁，而是发挥想象与整合一些原来留在脑海里的意境，这时才会捕捉到被隐藏起来的诗意。这种创作过程有时会出乎原来的设想。

阿翔：我们在日常生活中常常会洞悉一些秘密，而这可能是诗歌的可能性指向，你是怎样去洞悉这些秘密的，又是怎样让它成为诗歌的可能性呢?

林馥娜：热爱生活，用柔软的心去感知，体会，如果没有投入到其中，就不可能得知其秘密。我觉得首先要让自己的心胸更广阔，更细腻，比如我站在一个小孩子的高度，我就可以去看到他所看到的景观，与万物平等的心态也许是获得秘密的最好途径，因为一切自然规律总会在某些地方显露出它的面目。比如到一个景区去游玩，踏着架于水流之上的木梯上山，木板底下的水潺潺往下流，而我们在往上走，这时就会想到古人说的“人往高处走，水往低处流”，这句话同时暗合了自然景观和人文景观的多重含意，这些微妙之处就是需要走进生活，才能够体察得到的。

如果可以达到这样有本义和引申义等多种可能性，让它的能指度更宽、更丰富，诗歌也就有了更丰盈的肌体与活力了。

阿翔：有时候，你倾心于沉默，却不得不表达。你毫不隐瞒对情感向度的真挚把握，也不漠视大主题的抒写，更不放弃对现实的开掘和地域精神张力的呈现。在物质生存低于现实期待的时候，还能够对这些事物的膜拜、敬畏、赞美、热爱、同情、悲悯。也许，这也是你的方向吧。

林馥娜：有时沉默也渴望表达，有时表达的却不如沉默，呵呵，有点缠。因为，一些感觉太强烈，语言也无法表达其万一，这时只能沉默，但是内心的激情渴望冲出来，就不得不表达，表达沉默！

一个人的生命总由各种各样的可能性组成，七情六欲充满着一个人的一生，所以我不会给自己限定一个题材的方向，而是要表现各种各样的丰富性。而同时人也生活在时代，在世界中，大主题是我们看世界的方式；现实是我们生活的基石，也是诗歌达到及物的立足处；而地域精神的张力应是指我所受的传统熏陶中那股隐忍的力量吧。

我一向对物质生活的要求并不高，我有一首诗中就写过“生活是一个大圆圈，走着、跑着都是一生”，人生的质量和幸福不是由物质决定的，而是心态。当然，在现实生活中我要求自己做好世俗中的角色，必须有起码的生活自立，负有对亲人、朋友的责任，才能谈其他的承担。是的，“膜拜、敬畏、赞美、热爱、同情、悲悯”这些词都是美丽的，也是我愿意无限靠近的！

阿翔：你写过一首《欢愉》，“桨声散去，游人散去/树木笔直地站着，天上伸出枝丫//尘埃沉落，虫羽轻展/天空穿暗青花衣裳//我什么也不说，宛若朦胧的新月/即将普照无边的幽林”，可以看出你的视域进一步扩展，比如语言上都更加成熟，并且更注重其内在的表达。那么，你在诗歌阅读和写作中领略过作为女性的性别经验吗？

林馥娜：谢谢你的发现，写作的过程就是一个心灵扩张的过程，心灵宽大则表达也随着旷远，我一直在努力。性别对于一个人的作品并不是主要的经验来源，我从来不故意把自己放在一个女性的角度去抒写，而是从有利于表达的角度去切入，我首先是一个人，然后才是女人，有评论家和不少朋友都说我的作品有阳刚之气。不是有谁说过“伟大的脑袋是半雌半雄”的吗，虽然离伟大还太遥远，但遥望一下也是好的呵呵。王小妮的作品我喜欢，就是因为她也没有故意彰显女性经验，也符合我喜欢简练语言的个性。

阿翔：那么能否列举一些你喜欢的自己的作品，并谈谈原因?

林馥娜：我喜欢的永远都是下一首呵呵，不过较喜欢的还是有的，就说近期写的吧，像你刚才说的《欢愉》，在体验和表达它的时候，我本身是欢愉的，而且它的气场是宽阔的。还有，《信仰》《钉子》《清明》。

《信仰》和《钉子》是社会题材，它们介入生活又跳出生活，也许可以说有历史意义吧，《信仰》这首诗我一个字也没修改过，这并不是说我厉害，而是说明它在我的潜意识里早就有意识到了，只是在等待触发，一触发就不容修改；《钉子》是因为拆迁户的问题触动了我，我觉得有责任记下来，而且是尽量不带褒贬地去记录一个在这个时代发生的事件本质；《清明》则是一种情绪的激荡，覆盖。记得我和你说过郑板桥的咏雪诗，“一片二片三四片，五六七八九十片……飞入梅花都不见”，不管这些用词多么简单或是否直接相关，但它间接形成的场却是浑然而庞大的。如果有人从《清明》中只读到“做爱”，我就无话可说了。

阿翔：在你的诗歌写作中，故乡占有怎样的位置？

林馥娜：我想所有的诗人都有一个精神的故乡，我在老家读完初中就到广州来了，极少回去，当然那里还有我念念不忘的一切，但在写作上，我本质的故乡已与精神上的故乡合而为一，故乡给我的影响是潜在的，是传统教育和观念给我的影响，有时我会在一些用词中受阻，觉得有悖于道德与美感，这是我与出生地保持联系的方式吧，但我想，观念总是在成长的，在《诗歌月刊》2007年第5期你可以看到我在文章中说过诗歌与诗人的互为出生，出生地留给我们的影响我们会在不断的成长中赋予其新的、生长中的意义。

阿翔：如果可以选择，你愿意生活在一个什么样的朝代？跟什么样的朋友在一起喝茶、神侃？

林馥娜：就生活在现在，因为没得选择，而且现在我也有我的亲人、朋友，我不舍得他（她）们。就算你去到另外一个时代，你也必须从懵懂无知开始，慢慢成长，所以，生在那一个时代是一样的，自由在心里，不是在外围。当然，如果李清照、郑板桥、李煜、苏东坡、李白能穿越时空来跟我喝茶，那将是一件极大的美事。

阿翔：最近在读什么书？除诗歌外，你是否创作过其他体裁的文学作品？如果有可能，你最想涉足的诗歌外的文类或艺术样式是什么？

林馥娜：这两天在读《犹太大师文集》，着迷于他们应用语言营造气氛的能力。诗歌是我主要的写作方式，其他的，如散文、评论、小说也都有涉猎和发表，最近就要出版一本散文集叫《轻烟出岫》。我想以后我会写点长点的小说，现在写的是小小说。其他的没有特别的计划，想写就写吧。我对古筝和画画、舞蹈也有兴趣，只是觉得精力有限。像这个访谈，我们是在去年春天就约了要做的，因为你说要有一整天的时间，于是说好了有时间就联系你，但白天上班——时间属于公司，晚上回家——时间属于家庭，周六、日属于亲戚、朋友，就这样看似有空又没空的状态下，一晃就到了今年夏天。原来人的一生就是由无数分配与各方的时间段所拼接或割裂，也许应该说是自己在肢解自己。

阿翔：嘿嘿，那你说说最讨厌什么样的诗人？

林馥娜：各有各的生活方式，我不想去讨厌人，有时一些人在做讨厌的事时，他自己是不知道的，从这一点上来讲，他是可怜的！我想首先是要做好自己，然后用自己好的一面去影响别的人，怨怨相加，会成为恶，以德报怨会化解怨，如果化解不了，就由它去吧。

阿翔：最后感谢你接受本刊采访。说说你的职业和生活现状，以便让很多人来了解一下。

林馥娜：我学的是财经专业，现在在一个投资公司里面做财务管理，管着一堆与诗无关的枯燥数据，每当有人得知我是管数字的，都惊讶得挤眉弄眼，呵呵。我对生活现状还是满意的，有好的家庭，有尚可糊口的工作，有爱我和我爱的亲人、朋友，有美好的诗歌，虽然生活有多种味道，但我还是感恩生活，我对我选择的一切都不后悔。谢谢阿翔，谢谢《诗歌月刊》。

访谈时间：2007年6月8日